Biblioteca Juvenil

SALVAT
ALFAGUARA

Biblioteca Juvenil

Directora: MICHI STRAUSFELD
Coordinador: JOAQUIN MARCO

El mago de Oz
L. Frank Baum

Traducción de Gerardo Espinosa

Ilustraciones de W. W. Denslow

Epílogo de Martín Gardner

SALVAT
ALFAGUARA

Título original: *THE WONDERFUL WIZARD OF OZ*

© Ediciones Altea, Taurus, Alfaguara, S.A., 1987
© Para la presente edición
  Salvat Editores, S.A., Barcelona
  y Ediciones Altea, Taurus, Alfaguara, S.A., Madrid, 1987
ISBN: 84-204-5999-2 (para la obra completa de Altea, Taurus, Alfaguara, S.A.)
ISBN: 84-204-6002-8 (para este volumen de Altea, Taurus, Alfaguara, S.A.)
ISBN: 84-345-8580-4 (para la obra completa de Salvat Editores, S.A.)
ISBN: 84-345-8583-9 (para este volumen de Salvat Editores, S.A.)
Impresión: Cayfosa. Sta. Perpètua de Mogoda (Barcelona) - 1987
Depósito legal: B. 8544-1987
Printed in Spain

Indice

Este libro está dedicado a mi mejor amiga y compañera, mi mujer.

L. FRANK BAUM

1. La tromba

Dorotea vivía en medio
de las grandes prade-
ras de Kansas, con tío Enrique, que
era granjero, y tía Ema, esposa de éste. Su casa era
pequeña, y había sido necesario para construirla traer
la madera en carro, desde muy lejos. Tenía cuatro
paredes, un piso y un techo, que componían una habitación; y esta habitación contenía una oxidada estu-
fa para cocinar, una alacena para los platos, una mesa,
tres o cuatro sillas, y las camas. Tío Enrique y tía Ema
tenían una gran cama en una esquina y Dorotea una
camita en otra. No tenía desván, ni sótano, solamente
un pequeño agujero excavado en el suelo, llamado
sótano para trombas, en donde la familia podía meterse en caso de que se produjese uno de esos grandes
remolinos de viento, lo bastante
poderoso como para aplastar cualquier edificio que se interpusiera
en su camino. En medio del piso
había una trampa, y desde allí una
escalera bajaba hasta el agujero pequeño y oscuro.

Cuando Dorotea se sentaba en el umbral y miraba en derredor, no podía ver nada sino la gran pradera gris por todos lados. Ni un árbol, ni una casa interrumpían la amplia extensión de campo llano que llegaba hasta el borde del cielo en todas las direcciones. El sol había recocido la tierra arada dejándola como una masa gris recorrida por pequeñas grietas. Ni siquiera la hierba era verde, porque el sol había quemado las puntas de sus largas hojas hasta que habían adquirido el mismo color grisáceo que se veía por doquier. La casa había sido pintada alguna vez, pero el sol requemó la pintura y las lluvias la lavaron, por lo que ahora era opaca y gris como todo lo demás.

Cuando tía Ema había llegado a vivir allí era una esposa joven, bonita. El sol y el viento la habían transformado también. Habían quitado la chispa de sus ojos, dejándolos de un gris tranquilo; se habían llevado el rojo de sus labios y mejillas, que eran asimismo grises. Era delgada, flaca, y ya no se reía nunca. Cuando Dorotea, que era huérfana, llegó por primera vez a esa casa, tía Ema se había sorprendido tanto con la risa de la niña, que chillaba y apretaba las manos sobre su corazón cada vez que la regocijada voz de Dorotea llegaba a sus oídos; y todavía miraba a la niña, asombrada de que hallase de qué reírse.

El tío Enrique no reía jamás. Trabajaba duramente desde la mañana hasta la noche y no conocía la alegría. Era también gris, desde su larga barba hasta sus toscas botas; tenía un aspecto severo y solemne, y hablaba rara vez.

Era Toto quien hacía reír a Dorotea y la libraba de volverse tan gris como lo demás que la rodeaba. Toto no era gris; era un perrillo negro, de pelo largo y sedoso y ojillos negros que parpadeaban alegres a cada lado de su nariz graciosa y pequeñita. Toto jugaba todo el día, y Dorotea jugaba con él y lo quería muchísimo.

Pero hoy no estaban jugando. Tío Enrique estaba sentado sobre el umbral y miraba, preocupado, el cielo que estaba más gris que de ordinario. Dorotea se puso de pie junto a la puerta con Toto en los brazos, miró también hacia el cielo. Tía Ema estaba lavando los platos.

Desde lejos, hacia el norte, escucharon un ronco gemido del viento, y tío Enrique y Dorotea pudieron ver como las largas hojas de hierba se inclinaban en algunos lugares, como olas ante la tempestad que venía. Oyeron luego un agudo silbido proveniente del sur, y al volver los ojos vieron que en la pradera también se formaban olas por el viento que venía desde esa dirección.

De repente, tío Enrique se puso de pie.

—Se acerca un ciclón, Ema —gritó a su mujer—. Iré a mirar el ganado —luego corrió hacia los cobertizos en donde se guardaban las vacas y los caballos.

Tía Ema dejó de limpiar la vajilla y se asomó a la puerta. Una mirada le advirtió la cercanía del peligro.

—¡Rápido, Dorotea! —chilló—. ¡Corre al sótano!

Toto saltó desde los brazos de Dorotea y se escondió bajo la cama, y la niña corrió a buscarlo. Tía Ema, muy asustada, abrió de golpe la trampilla del sótano y bajó por la escalera hacia el pequeño y oscuro agujero. Dorotea agarró por fin a Toto y se dispuso a seguir a su tía. Cuando iba a medio camino por la habitación, el viento aulló agudamente y la casa se estremeció de tal manera que la hizo perder pie y caer sentada sobre el piso.

Entonces sucedió algo extraño.

La casa giró dos o tres veces como un trompo, y se elevó lentamente en el aire. A Dorotea le pareció estar subiendo en globo.

Los vientos norte y sur se encontraron en donde se alzaba la casa, y la convirtieron en el centro exacto de la tromba. En medio de una tromba el aire suele estar en calma, pero la gran presión del viento sobre cada uno de los costados de la casa elevó más y más ésta, hasta que llegó a la cima misma del ciclón; y allí permaneció y fue llevada a kilómetros y kilómetros de distancia, como si hubiese sido una pluma.

Estaba muy oscuro, y el viento aullaba horriblemente a su alrededor, pero Dorotea descubrió que el viaje era bastante suave. Después de las primeras vueltas que dio la casa, y otra vez que se inclinó de mala manera, le pareció que la mecían dulcemente, como a un niño en la cuna.

A Toto no le gustó el asunto. Corría por la habitación, por aquí y por allá, ladrando con estrépito; pero Dorotea se sentó muy tranquila en el suelo y esperó a ver qué sucedería.

En cierto momento, Toto se acercó demasiado a la trampilla, y cayó por ella; y al principio la niña creyó haberlo perdido. Pero pronto vio una de sus orejas sobresaliendo del agujero, pues la fuerte presión del aire lo mantenía suspendido, de modo que no podía caer. Dorotea gateó hasta el agujero, agarró a Toto por la oreja y lo arrastró de vuelta a la habitación, cerrando luego la trampilla para que no pudiesen ocurrir nuevos accidentes.

Pasó una hora tras otra y, lentamente, Dorotea se sobrepuso a su temor; pero se sentía muy sola, y el viento chillaba tan agudamente que casi quedó sorda. Al comienzo pensó si se haría pedazos cuando la casa volviese a caer; pero conforme pasaban las horas y no sucedía nada espantoso, dejó de preocuparse y resolvió esperar con calma y ver qué le depararía el futuro. Finalmente gateó sobre el suelo oscilante hasta su cama y se echó en ella. Toto la siguió y se tendió a su lado.

A pesar del bamboleo de la casa y del gemir del viento, Dorotea cerró pronto los ojos y se durmió profundamente.

2. Encuentro con los Mascones

«*Yo soy la Bruja del Norte*».

La despertó un choque, tan súbito y violento, que si Dorotea no hubiese estado tumbada sobre la blanda cama podría haberse hecho daño. El hecho es que la sacudida le hizo perder el aliento y preguntarse qué había pasado. Toto le puso su fría naricilla contra el rostro y gimoteó espantado. Dorotea se sentó y advirtió que la casa ya no se movía; ni tampoco estaba oscuro porque por la ventana entraba un sol radiante, iluminando el cuartucho. Saltó de la cama, y con Toto pegado a sus talones, corrió y abrió la puerta.

La niña dio un grito de asombro y miró en torno, con los ojos más y más abiertos ante las maravillosas visiones que se le ofrecían.

La tromba había asentado la casa, muy suavemente para tratarse de una tromba, en medio de un paraje de maravillosa belleza. Había por todas partes manchones de césped, con imponentes árboles cargados de frutos apetecibles y exquisitos. Por donde se mirara, había hileras de espléndidas flores, y pájaros de raro y brillante plumaje cantaban y revoloteaban entre árboles y matas. Un poco más allá había un arroyuelo, deslizándose rápido y destellante entre verdes ribazos, murmurando con voz agradabilísima para una muchachita que había vivido tanto tiempo en las secas y grises praderas.

Mientras estaba allí de pie, mirando ávidamente el extraño y hermoso paisaje, observó que se le acercaba un grupo de la gente más rara que jamás había visto. No eran tan grandes como la gente a que siempre había estado acostumbrada pero tampoco eran muy pequeños. De hecho, parecían tener la estatura de Dorotea, que era crecida para su edad, pero eran, a juzgar por su aspecto, mucho mayores que ella.

Eran tres hombres y una mujer, y vestían todos con extravagancia. Llevaban sombreros redondos que terminaban en una punta aguda treinta centímetros por encima de sus cabezas, con unas campanillas en las alas, que sonaban dulcemente cuando se movían. Los sombreros de los hombres eran azules, y el de la mujercita era blanco, y llevaba ella una túnica blanca que colgaba de sus hombros formando pliegues; sobre la túnica había salpicadas unas estrellitas que brillaban al sol como diamantes. Los hombres vestían de azul, de igual tono que sus sombreros, y usaban botas bien lustradas con una gruesa vuelta de color azul arriba. Los hombres, pensó Dorotea, eran más o menos de la edad del tío Enrique, pues dos de ellos llevaban barba. Pero la mujercita era sin duda mucho más vieja; su rostro estaba cubierto de arrugas, sus cabellos eran casi blancos, y caminaba con bastante rigidez.

Cuando estas personas se acercaron a la casa en donde estaba Dorotea de pie en el umbral, se detuvieron y cuchichearon entre sí, como si temiesen avanzar más. Pero la viejecilla caminó hasta llegar junto a Dorotea, hizo una profunda reverencia y dijo con dulce voz:

—Sed bienvenida, nobilísima hechicera, a la tierra de los

Mascones. Os estamos muy agradecidos porque habéis matado a la Malvada Bruja del Este, y habéis liberado a nuestro pueblo de la servidumbre.

Dorotea escuchó este discurso con asombro. ¿Qué querría decir esa viejecilla al llamarla hechicera, y al afirmar que había matado a la Malvada Bruja del Este? Dorotea era una niñita inocente, inofensiva, a la que una tromba había arrastrado a muchos kilómetros de su hogar; y jamás había matado a nadie en su vida.

Pero evidentemente esa mujer pequeñita esperaba su respuesta, de modo que Dorotea dijo, dudosa:

—Es usted muy amable; pero debe haber algún error. Yo no he matado a nadie.

—Su casa lo hizo, en todo caso —replicó la viejecilla, riendo— y eso da lo mismo. ¡Vea! —continuó, señalando una esquina de la casa—. Allí están dos dedos de su pie, asomando todavía debajo de un trozo de madera.

Dorotea miró, y soltó un breve grito de espanto. Allí, en efecto, precisamente bajo la esquina de la gran viga sobre la que se apoyaba la casa, se asomaban dos pies, calzados con unos puntiagudos zapatos de plata.

—¡Ay, señor! ¡Ay, Jesús! —gritó · Dorotea, juntando las manos horrorizada—. La casa debe haberle caído encima. ¿Qué podemos hacer?

—No hay nada que hacer —dijo tranquilamente la viejecita.

—¿Pero quién era ella? —preguntó Dorotea.

—Era la Malvada Bruja del Este, como dije —replicó la viejecilla—. Ha mantenido sometidos a los Mascones durante muchos años, haciéndoles trabajar como esclavos, día y noche. Ahora quedan libres todos ellos, y os están agradecidos por ese favor.

—¿Quiénes son los Mascones? —inquirió Dorotea.

—Son los habitantes de esta tierra del Este, en donde gobernaba la Malvada Bruja.

—¿Sois Mascona? —preguntó Dorotea.

—No, pero soy amiga de ellos, aunque vivo en la tierra del Norte. Cuando vieron que la Bruja del Este había muerto, los Mascones me enviaron un veloz mensajero, y vine rápidamente. Yo soy la Bruja del Norte.

—¡Oh, Dios mío! —gritó Dorotea—, ¿sois una verdadera bruja?

—En efecto —contestó la viejecilla—. Pero soy una bruja buena, y la gente me quiere. No soy tan poderosa como era la Malvada Bruja que reinaba aquí, de otro modo yo misma habría liberado a la gente.

—Pero yo pensaba que todas las brujas eran malvadas —dijo la niña, medio asustada de encontrarse frente a una bruja de verdad.

—Oh, no, ese es un gran error. Había sólo cuatro brujas en la tierra de Oz, y dos de ellas, las que viven en el Norte y en el Sur, son brujas buenas. Sé que esto es cierto porque yo soy una de ellas, y no puedo estar equivocada. Las que habitan en el Este y en el Oeste eran, en efecto, brujas malvadas, pero ahora que habéis matado a una de ellas, no hay sino una Malvada Bruja en toda la tierra de Oz, la que vive en el Oeste.

—Pero —dijo Dorotea después de pensarlo un momento—, tía Ema me dijo que las brujas habían muerto todas, hace miles de años.

—¿Quién es tía Ema? —preguntó la viejecilla.

—Es mi tía que vive en Kansas, de donde vine.

La Bruja del Norte pareció pensar un rato, con la cabeza inclinada y mirando al suelo. Luego levantó los ojos y dijo:

—No sé dónde queda Kansas, pues nunca he oído nombrar ese país. Pero, decidme, ¿es civilizado?

—Oh, sí —respondió Dorotea.

—Eso lo explica todo. En los países civilizados creo que ya no quedan brujas, ni brujos, ni hechiceras, ni magos. Pero, veréis, la tierra de Oz no ha sido nunca civilizada, pues estamos apartados de todo el resto del mundo. Por consiguiente aún hay brujas y magos entre nosotros.

—¿Quiénes son los magos? —preguntó Dorotea.

—El propio Oz es el Gran Mago —respondió la bruja, bajando la voz hasta convertirla en un susurro—. El es más poderoso que todos los demás juntos. Vive en la Ciudad de las Esmeraldas.

Dorotea iba a hacer otra pregunta, pero en ese momento los Mascones, que habían estado allí silenciosos, dieron un gran grito y señalaron hacia la esquina de la casa en donde había estado tendida la Malvada Bruja.

—¿Qué pasa? —preguntó la viejecilla y miró, y empezó a reír. Los pies de la bruja habían desaparecido del todo, y no quedaba más que los zapatos de plata.

—Era tan vieja —explicó la Bruja del Norte—, que se resecó rápidamente al sol. Ese fue su fin. Pero sus zapatos son vuestros, y habréis de usarlos —se agachó y recogió los zapatos, y después de sacudirles el polvo se los entregó a Dorotea.

—La Bruja del Este estaba orgullosa de esos zapatos de plata —dijo uno de los Mascones—, y hay cierto encantamiento relacionado con ellos; pero nunca supimos cuál es.

Dorotea llevó los zapatos dentro de la casa y los puso sobre la mesa. Salió nuevamente a enfrentarse con los Mascones y dijo:

—Estoy deseando regresar con mi tía y mi tío, porque seguramente se preocuparán por mí. ¿Me pueden ayudar a encontrar el camino de vuelta?

Los Mascones y la Bruja se miraron primero unos a otros, y luego a Dorotea, y luego movieron la cabeza.

—Al Este, no lejos de aquí —dijo uno—, hay un gran desierto, y nadie consiguió cruzarlo.

—Lo mismo hacia el Sur —dijo otro—, pues yo he estado allí y lo he visto. El Sur es el país de los Cabezudos.

—Me cuentan —dijo el tercer hombre—, que lo mismo sucede al Oeste. Y ese país, en donde viven los Guiñones, está gobernado por la Malvada Bruja del Oeste, que os convertiría en su esclava si os cruzáis en su camino.

—El Norte es mi lugar —dijo la anciana señora—, y bordeándolo está el mismo gran desierto que rodea esta tierra de Oz. Me temo, querida, que tendréis que vivir entre nosotros.

Al oír esto Dorotea empezó a sollozar, pues se sintió sola en medio de toda esta gente extraña. Al parecer sus lágrimas apenaron a los bondadosos Mascones, porque sacaron sus pañuelos y se echaron a llorar también. En cuanto a la viejecita, se quitó el gorro y equilibró la punta sobre el extremo de su nariz, mientras contaba «Uno, dos, tres» con una voz solemne. De repente, el gorro se convirtió en una pizarra, en la que estaba escrito con grandes palotes de tiza blanca:

QUE DOROTEA VAYA A LA CIUDAD DE
LAS ESMERALDAS

La viejecilla se quitó la pizarra de la nariz, y cuando hubo leído las palabras escritas en ella, preguntó:

—¿Te llamas Dorotea, querida?

—Sí, contestó la niña, levantando la vista y secándose las lágrimas.

—Entonces debés ir a la Ciudad de las Esmeraldas. Tal vez Oz te ayude.

—¿En dónde está esa ciudad? —preguntó Dorotea.

—Está exactamente en el centro del país, y está regida por Oz, el Gran Mago de que te hablé.

—¿Es un hombre bueno? —inquirió ansiosamente Dorotea.

—Es un buen Mago. No puedo decirte si es o no un hombre, pues nunca lo he visto.

—¿Cómo puedo llegar allí? —preguntó Dorotea.

—Debes caminar. Es un largo viaje, a través de una comarca que es a veces agradable, y a veces sombría y terrible. Pero usaré todas las artes mágicas que conozco para que no te pase nada malo.

—¿No querría ir conmigo? —rogó la niña, que había empezado a considerar a la viejecilla como su única amiga.

—No, no puedo hacer eso —respondió—, pero te besaré, y nadie se atreverá a hacer daño a una persona que haya sido besada por la Bruja del Norte.

Se acercó a Dorotea y la besó suavemente en la frente. Allí donde sus labios la tocaron dejaron una señal redonda, brillante, según descubrió Dorotea después.

—El camino hacia la Ciudad de las Esmeraldas está pavimentado con ladrillos de color dorado —dijo la Bruja—, de modo que no puedes perderlo. Cuando llegues donde Oz no le temas, sino cuéntale tu caso y pídele que te ayude. Adiós querida.

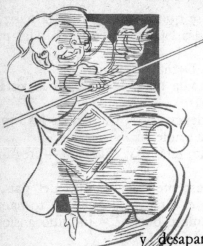

Los tres Mascones le hicieron una profunda reverencia y le desearon un viaje placentero, alejándose después entre los árboles. La Bruja hizo un gesto suave y amistoso a Dorotea, giró sobre su talón izquierdo tres veces, y desapareció sin más, con gran sorpresa del pequeño Toto, que ladró tras ella con fuerza, porque mientras estaba allí había tenido miedo hasta de gruñir.

Pero Dorotea, sabiendo que era una bruja, había esperado que desapareciera precisamente de ese modo, y no se sorprendió en absoluto.

3. De cómo Dorotea salvó al Espantapájaros

«Tú debes ser una gran hechicera».

Cuando Dorotea quedó sola, empezó a sentir hambre. De manera que llegó hasta la alacena y cortó un poco de pan, que untó con mantequilla. Le dio un trozo a Toto, y tomando un balde de la repisa, descendió con él hasta el arroyuelo y lo llenó de agua cristalina, burbujeante. Toto corrió hacia los árboles y se puso a ladrar a los pájaros que allí había. Dorotea fue a buscarlo, y vio frutas tan deliciosas colgando de las ramas que recogió unas cuantas, pensando que era justo lo que quería para completar su desayuno.

Volvió luego a la casa, y después de servirse ella y Toto un buen trago del agua fresca y transparente, se dispuso a emprender el viaje a la Ciudad de las Esmeraldas.

Tenía solamente otro vestido, pero casualmente estaba limpio y colgado de una percha junto a su cama. Era de tela de algodón, a cuadros azules y blancos; y aunque el azul estaba algo desvaído de tanto lavarlo, seguía siendo un bonito traje. Se lavó cuidadosamente, se vistió con la ropa limpia, y ató a su cabeza su capota rosa. Cogió una cestita y la llenó con pan de la alacena, cubriéndola con un paño blanco. Miró luego sus pies y advirtió lo viejos y gastados que estaban sus zapatos.

—Seguro que no resistirán un largo viaje, Toto —dijo. Y Toto la miró con sus ojillos negros, y meneó la cola para mostrar que sabía lo que ella quería decirle.

En ese momento Dorotea vio sobre la mesa los zapatos de plata que habían pertenecido a la Bruja del Este.

—Me pregunto si me irán bien —dijo a Toto—, es lo más apropiado para un largo viaje, pues no pueden desgastarse.

Se quitó sus viejos zapatos de cuero y se probó los de plata, que le sentaban como si hubiesen sido hechos a su medida.

Finalmente tomó su cesta.

—Ven, Toto —dijo—. Iremos a la Ciudad Esmeralda y preguntaremos al gran Oz cómo regresar a Kansas.

Cerró la puerta, echó la llave, y puso ésta cuidadosamente en el bolsillo de su vestido. Y así, con Toto trotando muy juicioso a su lado, inició su viaje.

Había varios caminos por allí cerca, pero no tardó en encontrar el único pavimentado con ladrillos dorados. Poco después iba caminando a buen paso hacia la Ciudad Esmeralda, con sus zapatos de plata tintineando alegremente sobre la dura calzada amarilla. El sol brillaba con fuerza, los pájaros cantaban dulcemente y Dorotea no estaba tan triste como uno podía suponer si pensaba que era una niña que había sido arrebatada de su país y depositada en una tierra extraña.

Le sorprendió ver, conforme avanzaba, lo bonito que era el campo que se extendía a su alrededor. A los lados del camino había cercas bien cuidadas, pintadas de un delicado color azul, bordeando unos extensos campos de cereales y verduras. Evidentemente, los Mascones eran buenos agricultores, capaces de producir grandes cosechas. De vez en cuando pasaba frente a una casa, y la gente se asomaba a mirarla y le hacían una gran reverencia al cruzar, pues todos sabían que gracias a ella había sido destruida la malvada Bruja y ellos se veían libres de servidumbre. Las casas de los Mascones eran unas viviendas de extraño aspecto, eran circulares, y con una gran cúpula por techo. Todas estaban pintadas de azul, que era el color favorito de las gentes del país del Este.

Al atardecer, cuando Dorotea estaba cansada de su larga caminata y empezaba a preguntarse dónde pasaría la noche, llegó hasta una casa algo más grande que las demás. En el verde césped de delante estaban bailando muchos hombres y mujeres. Cinco violinistas pequeñitos tocaban lo más fuerte que podían y los asistentes estaban riendo y cantando. Había una gran mesa cargada de deliciosas frutas frescas y secas, tartas y bizcochos, y muchas otras cosas ricas para comer.

La gente saludó cariñosamente a Dorotea y la invitó a cenar y a pasar la noche con ellos, pues era éste el hogar de uno de los Mascones más ricos del país, y sus amigos se habían reunido con él para celebrar el fin de su servidumbre.

Dorotea comió una copiosa cena y fue atendida por el propio dueño de la casa, llamado Boq. Luego se sentó en un banco y miró cómo bailaban los invitados.

Cuando Boq vio sus zapatos de plata, dijo:

—Tú debes ser una gran hechicera.

—¿Por qué —preguntó la niña.

—Porque calzas zapatos de plata y has vencido a la Malvada Bruja. Además tu vestido tiene partes blancas y sólo las brujas y hechiceras usan el blanco.

—Mi vestido es a cuadros azules y blancos —dijo Dorotea, alisándose las arrugas.

—Es un detalle por tu parte llevar eso —dijo Boq—. Azul es el color de los Mascones, y blanco el de las brujas; así sabemos que eres una bruja amiga.

Dorotea no supo qué decir ante todo esto, pues toda la gente parecía pensar que era una bruja, y ella sabía muy bien que era sólo una niñita vulgar y corriente que había llegado por el azar de una tromba a una tierra extraña.

Cuando se hubo cansado de observar el baile, Boq la condujo al interior de la casa, en donde le dio una habitación provista de una bonita cama. Las sábanas eran de tela azul, y Dorotea durmió profundamente entre ellas hasta la mañana con Toto acurrucado en la alfombra azul a su lado.

Dorotea tomó un suculento desayuno, y observó un bebé Mascón pequeñito, que jugaba con Toto, le tiraba del rabo y reía y hacía ruidos con la boca de una manera que divirtió mucho a Dorotea. Toto despertaba la curiosidad de los Mascones, pues nunca habían visto un perro.

—¿A qué distancia queda la Ciudad Esmeralda? —preguntó la niña.

—No lo sé —respondió gravemente Boq—, jamás he estado allí. Más vale mantenerse apartado de Oz, a menos que se tengan asuntos que tratar con él. Pero hay largo trecho hasta la Ciudad Esmeralda, y te llevará muchos días llegar. Esta zona del país es fértil y agradable, pero deberás pasar a través de lugares ásperos y peligrosos antes de llegar al final de tu viaje.

Esto preocupó un poco a Dorotea, pero sabiendo que solamente el gran Oz podía ayudarla a regresar a Kansas, decidió valientemente no echar pie atrás.

Se despidió de sus amigos, y echó a andar otra vez por el camino de ladrillos de color dorado. Después de caminar varios kilómetros pensó que se

detendría a descansar, de modo que trepó a una valla a la vera de la carretera y se sentó. Al otro lado de la valla había un gran campo de maíz, y a no mucha distancia vio un espantapájaros, colocado encima de un largo palo, para alejar a los pájaros del maíz maduro.

«Dorotea apoyó la barbilla sobre la mano y contempló pensativa al espantapájaros».

Dorotea apoyó la barbilla sobre la mano y contempló pensativa al espantapájaros. Su cabeza era un saquito relleno de paja, en el que había pintados ojos, nariz y boca a modo de cara. Un sombrero azul y puntiagudo, que había pertenecido a algún Mascón, se equilibraba sobre su cabeza, y el resto de su figura lo componían un traje azul, gastado y desteñido, que también estaba relleno de paja. Por pies tenía unas botas viejas de reborde azul, como las que usaban todos los hombres del país, y el muñeco se elevaba por encima de los tallos de maíz mediante la vara metida hacia arriba por su espalda.

Mientras Dorotea miraba atentamente la extraña cara pintada del espantapájaros, le sorprendió ver que le guiñaba lentamente un ojo. Al principio creyó haberse equivocado, porque ninguno de los espantapájaros de Kansas podían guiñar los ojos; pero pronto el muñeco le hizo amistosos gestos inclinando la cabeza. Entonces la niña bajó de la valla y se acercó caminando, mientras Toto corría alrededor del palo y ladraba.

—Buenos días —dijo el Espantapájaros, con voz un tanto ronca.

—¿Eres tú el que hablas? —preguntó la niña, asombrada.

—Por supuesto —respondió el Espantapájaros—, ¿cómo estás?

—Muy bien, gracias —replicó Dorotea, cortésmente—. ¿Cómo estás tú?

—No me siento muy bien —dijo el Espantapájaros, sonriendo—, porque es muy fastidioso estar encaramado aquí arriba noche y día para espantar pájaros.

—¿Puedes bajar? —preguntó Dorotea.

—No, porque este palo está encajado en mi espalda. Si tuvieses la amabilidad de quitar el palo, te lo agradecería muchísimo.

Dorotea estiró ambos brazos y levantando el muñeco lo desencajó del palo, pues como estaba lleno de paja, era muy liviano.

—Muchas gracias —le dijo el Espantapájaros una vez que estuvo en el suelo—. Me siento como un hombre nuevo.

Esto intrigó a Dorotea, pues le hacía raro oír hablar a un hombre de paja, y verle inclinarse y caminar a su lado.

—¿Quién eres? —preguntó el Espantapájaros después de estirarse y bostezar—. ¿Y adónde vas?

—Me llamo Dorotea —dijo la niña—, y voy a la Ciudad Esmeralda, para pedirle al gran Oz que me envíe de regreso a Kansas.

—¿Dónde queda la Ciudad Esmeralda? —inquirió su interlocutor—. ¿Y quién es Oz?

—¿Cómo, no lo sabes? —replicó ella, sorprendida.

—No, de veras; no sé nada. Verás, estoy relleno, de manera que no tengo ni un poco de seso —contestó tristemente.

—Oh —dijo Dorotea—, lo siento muchísimo por ti.

—¿Crees tú —preguntó—, que si voy a la Ciudad Esmeralda contigo, Oz me dará un poco de seso?

—No sabría decirte —respondió la niña—, pero puedes venir conmigo, si quieres. Si Oz no te da nada de sesos, no estarás peor de lo que estás ahora.

—Es verdad —dijo el Espantapájaros—. Verás —continuó confidencialmente—, no me importa que mis brazos, mis piernas y mi cuerpo estén rellenos, porque así no pueden herirme. Si cualquiera me da un pisotón o me pincha con un alfiler, no me importa, porque no puedo sentirlo. Pero no quiero que me llamen tonto, y si mi cabeza sigue estando rellena de paja en vez de estar rellena de sesos, ¿cómo voy a saber nunca nada?

—Comprendo lo que sientes —dijo la niña, que sintió verdadera pena por él—. Si vienes conmigo, pediré a Oz que haga por ti todo lo que pueda.

—Gracias —respondió él, con sentimiento.

Retomaron el camino. Dorotea le ayudó a pasar sobre la valla, y se pusieron en marcha por la senda de ladrillos dorados hacia la Ciudad Esmeralda.

A Toto al principio no le gustó este nuevo compañero de ruta. Dio vueltas en torno al hombre relleno, como si sospechara que podía haber un nido de ratas en la paja, y gruñó a menudo al Espantapájaros con cara de pocos amigos.

—No te preocupes por Toto —dijo Dorotea a su nuevo amigo—. Nunca muerde.

—Oh, yo no me asusto —replicó el Espantapájaros—. No puede dañar la paja. Déjame que te lleve esa cesta. A mí no me importa, porque no puedo

cansarme. Te diré un secreto —continuó, mientras caminaba junto a ella—. Hay una sola cosa en el mundo que me da miedo.

—¿Y cuál es? —preguntó Dorotea—. ¿El granjero Mascón que te hizo?

—No —replicó el Espantapájaros—. Una cerilla encendida.

4. El camino a través del bosque

«—*Jamás tengo hambre*— *dijo el Espantapájaros*».

Al cabo de unas horas el camino empezó a ser más escabroso y se hizo tan difícil la marcha que el Espantapájaros tropezaba a menudo con los ladrillos de color dorado, que allí eran muy irregulares. A veces estaban incluso rotos, o faltaban del todo, dejando huecos que Toto saltaba y Dorotea rodeaba. En cuanto al Espantapájaros, como no tenía sesos, caminaba sin apartarse, y así pisaba en los agujeros y caía cuán largo era sobre los duros ladrillos. Sin embargo, nunca le dolía, y Dorotea lo recogía y volvía a ponerlo en pie, mientras él reía con ella alegremente de su propio contratiempo.

Por allí las granjas no estaban ni remotamente tan bien cuidadas como las que habían dejado atrás. Había menos casas y menos árboles frutales, y cuanto más avanzaban, más sombría y solitaria era la comarca.

A mediodía se sentaron junto al camino, cerca de un riachuelo y Dorotea abrió su cesta y sacó un poco de pan. Ofreció un trozo al Espantapájaros, pero éste lo rehusó.

—Jamás tengo hambre —dijo—: y es una suerte que no la tenga. Pues mi boca está solamente pintada, y si hiciera en ella un agujero para poder comer, la paja con que estoy relleno se saldría, y eso echaría a perder la forma de mi cabeza.

Dorotea comprendió en seguida que eso era cierto, de modo que asintió y continuó comiendo su pan.

—Dime algo acerca de ti, y del país de donde viniste —dijo el Espantapájaros, cuando ella hubo terminado su almuerzo. Dorotea le contó todo acerca de Kansas, y cuán gris era todo allí y cómo la tromba la había traído hasta esta extraña Tierra de Oz.

El Espantapájaros escuchó atentamente, y dijo:

—No puedo entender cómo puedes estar deseando dejar este hermoso país y regresar a ese lugar árido y gris que llamas Kansas.

—Eso te pasa porque no tienes seso —contestó la niña—. Por muy grises y tétricos que sean nuestros hogares, nosotros, la gente de carne y hueso viviríamos allí antes que en ningún otro país, por hermoso que fuese. No hay nada como estar en casa.

El Espantapájaros suspiró.

—No puedo entenderlo, por supuesto —dijo—. Si vuestras cabezas estuvieran rellenas de paja, como la mía, probablemente viviríais todos en lugares hermosos, y entonces en Kansas no habría absolutamente nadie. Es una suerte para Kansas que vosotros tengáis sesos.

—¿No querrías contarme un cuento, mientras estamos descansando? —preguntó Dorotea.

El Espantapájaros la miró como censurándola, y respondió.

«—Mi vida ha sido tan breve que realmente no sé absolutamente nada. Me hicieron anteayer. Lo que haya sucedido en el mundo antes me es totalmente desconocido. Por suerte, cuando el granjero confeccionó mi cabeza, una de las primeras cosas que hizo fue pintar mis orejas, de manera que escuché lo que estaba pasando. Había otro Mascón con él, y lo primero que oí fue al granjero decir:

»—¿Qué te parecen esas orejas?

»—No están derechas —respondió el otro.

»—No importa —dijo el granjero—. Son orejas, de todos modos —lo cual era bastante cierto.

»—Ahora haré los ojos— dijo el granjero. De manera que pintó mi ojo derecho, y tan pronto estuvo terminado me encontré mirándole, a él y a todo lo que me rodeaba, con muchísima curiosidad, pues ésta era mi primera ojeada al mundo.

»—¡Qué bonito ojo! —exclamó el Mascón que estaba acompañando al granjero—. La pintura azul es la mas adecuada para los ojos.

»—Creo que haré el otro un poco más grande —dijo el granjero; y cuando estuvo hecho el segundo ojo pude ver mucho mejor que antes. Luego hizo mi nariz y mi boca, pero no hablé, porque entonces no sabía para qué servía la boca. Me divertí viéndoles hacer mi cuerpo, mis brazos y mis piernas, y cuando, por fin, fijaron mi cabeza encima, me sentí orgulloso, porque pensé que era un hombre tan bueno como cualquier otro.

»—Ese tío espantará bastante rápido los pájaros —dijo el granjero—. ¡Parece un hombre!

»—Pero si es, en efecto, un hombre —dijo el otro—, y estuve muy de acuerdo con él. El granjero me llevó bajo el brazo hasta el maizal, y me colocó sobre una alta vara, en donde me encontraste. El y su amigo se fueron pronto caminando y me dejaron solo.»

—No me gustó quedar abandonado de esa manera, así que traté de caminar tras ellos, pero mis pies no llegaban a tocar el suelo, y me ví obligado a permanecer sobre ese palo. Era una vida solitaria la

que llevaba, pues no tenía nada en qué pensar, habiendo vivido tan poco. Muchos cuervos y otros pájaros volaron hasta el maizal, pero tan pronto como me vieron echaron nuevamente a volar, pensando que yo era un Mascón, y eso me agradó y me hizo sentir una persona muy importante. Al cabo de un rato un cuervo viejo voló cerca de mí, y después de mirarme cuidadosamente se posó sobre mi hombro y dijo:

«—Me pregunto si ese granjero creyó engañarme a mí de esta manera tan burda. Cualquier pájaro sensato vería que estás relleno de paja. Saltó luego a mis pies y comió todo el maíz que le vino en gana. Los otros pájaros, viendo que yo no le hacía daño, vinieron también a comerse el maíz, de manera que al poco rato había una gran bandada a mi alrededor.

»—Eso me entristeció, pues mostraba que yo no era un buen Espantapájaros, después de todo; pero el viejo cuervo me consoló diciendo:

»—Si tuvieses sesos en tu cabeza serías un hombre como cualquiera de ellos, y un hombre mejor que algunos de ellos. La única cosa que vale la pena tener en este mundo, es seso, sea uno cuervo u hombre.»

—Después que se hubieron ido los cuervos, medité sobre esto, y decidí que pondría todo mi empeño en conseguir algo de seso. Por fortuna, viniste tú y me sacaste de la estaca, y por lo que dices estoy seguro de que el gran Oz me dará sesos tan pronto lleguemos a la ciudad Esmeralda.

—Así lo espero —dijo sinceramente Dorotea—, puesto que pareces ansioso de tenerlos.

—Oh, sí; estoy ansioso —replicó el Espantapájaros—. Es una sensación tan incómoda el saberse tonto.

—Bueno —dijo la chiquilla—, vámonos —y devolvió la cesta al Espantapájaros.

Ahora ya no había vallas a los lados del

camino, y la tierra era escabrosa y estaba sin labrar. Al anochecer llegaron a un gran bosque, en donde los árboles se alzaban tan grandes y próximos que sus ramas se juntaban sobre el camino de ladrillos dorados. Era casi de noche bajo los árboles, pues las ramas tapaban la luz del día, pero los viajeros no se detuvieron y se adentraron en el bosque.

—Si este camino continúa, a algún lado debe ir —dijo el Espantapájaros—, y como la Ciudad Esmeralda está al otro extremo del camino, debemos ir adonde nos lleve.

—Eso lo sabe cualquiera —dijo Dorotea.

—Ciertamente; por eso lo sé yo —replicó el Espantapájaros—. Si se necesitara seso para figurárselo, jamás lo habría dicho.

Después de una hora o algo así la luz se desvaneció, y se encontraron tropezando en la oscuridad. Dorotea no podía ver nada, pero Toto sí, porque algunos perros pueden ver muy bien a oscuras, y el Espantapájaros declaró que podía ver tan bien como de día. De modo que ella se cogió de su brazo, y se las arregló bastante bien para continuar.

—Si ves alguna casa, o algún lugar en donde podamos pasar la noche —dijo Dorotea—, debes decírmelo, porque es muy incómodo caminar en la oscuridad.

Poco después el Espantapájaros se detuvo.

—Veo una cabaña a nuestra derecha —dijo—, hecha de troncos y ramas. ¿Vamos hacia allá?

—Sí, por supuesto —contestó la niña—. Estoy muy cansada.

El Espantapájaros la guió a través de los árboles hasta que

llegaron a la cabaña, y Dorotea entró y encontró un lecho de hojas secas en un rincón. Se tendió rápidamente, y con Toto a su lado pronto quedó profundamente dormida. El Espantapájaros, que no se cansaba nunca, se quedó de pie en otro rincón esperando pacientemente la llegada de la mañana.

5. El rescate del Leñador del Bosque

«—¡Qué alivio tan grande!».

Cuando Dorotea despertó, el sol brillaba a través de los árboles y Toto llevaba largo rato persiguiendo pájaros a su alrededor. Allí estaba el Espantapájaros, todavía de pie en su rincón, esperándola pacientemente.

—Debemos ir y buscar agua —le dijo la niña.

—¿Por qué quieres agua? —preguntó.

—Para limpiarme bien la cara del polvo del camino, y para beber; así el pan seco no se me atascará en la garganta.

—Debe ser incómodo estar hecho de carne —dijo el Espantapájaros, pensativo—, pues se tiene que dormir, y comer y beber. No obstante, tú tienes sesos, y el ser capaz de pensar correctamente bien vale muchas molestias.

Dejaron la cabaña y caminaron a través de los árboles hasta que hallaron un manantial de agua clara, en donde Dorotea bebió, se lavó y comió su desayuno. Vio que no quedaba mucho pan en la cesta, y se alegró de que el Espantapájaros no tuviese que comer nada, pues apenas había lo suficiente para ella y Toto ese día.

Cuando hubo terminado de comer, y se disponía a regresar al camino de ladrillos dorados, le sorprendió escuchar un profundo quejido cerca de allí.

—¿Qué fue eso? —preguntó, tímidamente.

—No tengo ni idea —respondió el Espantapájaros—; pero podemos ir a ver.

En ese mismo momento llegó a sus oídos otro

quejido, y el sonido parecía venir de detrás de ellos. Volvieron y recorrieron un trecho a través del bosque. Entonces Dorotea descubrió algo brillando a los rayos de sol que pasaban entre los árboles. Corrió hasta allí y se detuvo en seco, dando un grito de sorpresa.

Uno de los grandes árboles había sido parcialmente cortado, y de pie junto a él, con un hacha levantada en las manos, había un hombre hecho enteramente de hojalata. Su cabeza, brazos y piernas estaban articulados sobre su cuerpo, pero permanecía perfectamente inmóvil, como si no pudiese moverse en absoluto.

Dorotea lo miró con asombro, y lo mismo hizo el Espantapájaros, mientras Toto ladró agudamente, y dio un mordisco a una pierna de hojalata, lo que le hizo daño en los dientes.

—¿Tú te quejaste? —preguntó Dorotea.

—Sí —respondió el hombre de hojalata—, fui yo. Llevo gimiendo más de un año, y nadie me ha oído ni ha venido a ayudarme.

—¿Qué podemos hacer por ti? —preguntó la niña con dulzura, pues la había conmovido la triste voz con que habló el hombre.

—Consigue una aceitera, y engrasa mis articulaciones —contestó—. Están tan oxidadas que no puedo moverlas de ningún modo. Si me engrasas bien pronto estaré como nuevo. Hallarás una aceitera en un estante de mi cabaña.

Dorotea corrió a la cabaña y encontró la aceitera. Volvió entonces y preguntó, nerviosa:

—¿Dónde están tus articulaciones?

—Engrasa mi cuello primero —respondió el Leñador de Hojalata—. Así lo hizo ella, pero como estaba tan oxidado, el Espantapájaros agarró la cabeza de hojalata y la llevó suavemente hacia uno y otro lado hasta que se movió con facilidad, y entonces el hombre pudo girarla por sí mismo.

—Engrasa ahora las articulaciones de mis brazos —dijo. Y Dorotea las engrasó, y el Espantapájaros las dobló cuidadosamente hasta que estuvieron bien limpias de herrumbre y como si fueran nuevas.

El Leñador de Hojalata dio un suspiro de satisfacción y bajó su hacha, apoyándola contra el árbol.

—¡Qué alivio tan grande! —dijo—. He estado sosteniendo ese hacha en el aire desde que me oxidé, y estoy contento de poder bajarla por fin. Ahora, si quisiérais engrasar las articulaciones de mis piernas, quedaré en condiciones otra vez.

Así que le engrasaron las piernas hasta que pudo moverlas fácilmente y les dio las gracias una y

otra vez por haberlo liberado, pues parecía un ser muy educado y muy agradecido.

—Podría haberme quedado de pie allí para siempre si no hubiéseis pasado por aquí —dijo—, así que ciertamente me salvásteis la vida. ¿Cómo es que estáis aquí?

—Estamos en camino hacia la Ciudad Esmeralda, para ver al gran Oz —respondió Dorotea—, y nos detuvimos a pasar la noche en tu cabaña.

—¿Y para qué deseáis ver a Oz?

—Yo quiero que me envíe de regreso a Kansas; y el Espantapájaros quiere que le ponga un poco de seso en la cabeza —replicó la niña.

El Leñador de Hojalata pareció cavilar profundamente un momento. Luego dijo:

—¿Creéis que Oz podría darme un corazón?

—Bueno, supongo que sí —respondió Dorotea—. Sería tan fácil como darle sesos al Espantapájaros.

—Cierto —afirmó el Leñador—. De manera que si me dejáis unirme a vuestro grupo, yo tambien iré a la Ciudad Esmeralda y pediré a Oz que me ayude.

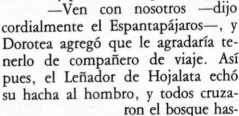

—Ven con nosotros —dijo cordialmente el Espantapájaros—, y Dorotea agregó que le agradaría tenerlo de compañero de viaje. Así pues, el Leñador de Hojalata echó su hacha al hombro, y todos cruzaron el bosque hasta llegar al camino con pavimento de ladrillo dorado.

El Leñador de Hojalata había pedido a Dorotea que pusiese la aceitera en su cesta.

—Porque —dijo—, si llegara a pillarme la lluvia, y volviese a oxidarme, necesitaría muchísimo la aceitera.

No dejó de ser afortunado el que el nuevo camarada se hubiese unido al grupo, porque a poco de haber reiniciado su viaje llegaron a un lugar en el cual los árboles y las ramas crecían tan apretados que los viajeros no pudieron pasar. Pero el Leñador de Hojalata se puso a trabajar con su hacha y lo hizo tan bien que pronto abrió paso para todos.

Dorotea iba tan sumida en sus pensamientos mientras caminaban que no advirtió que el Espanta-pájaros tropezaba en un agujero y rodaba al costado del camino. De hecho tuvo él que llamarla para que lo ayudara a incorporarse.

—¿Por qué no caminaste alrededor del agujero? —preguntó el Leñador de Hojalata.

—No estoy lo bastante enterado —respondió alegremente el Espantapájaros—. Mi cabeza está rellena de paja, sabes, y por eso voy a ver a Oz, a pedirle un poco de seso.

—Ah, ya veo —dijo el Leñador de Hojalata—. Pero, después de todo, el seso no es la mejor cosa del mundo.

—¿Tienes tú? —indagó el Espantapájaros.

—No, mi cabeza está vacía del todo —replicó el Leñador—; pero en otro tiempo tuvo sesos, y también corazón, de manera que habiendo probado ambas cosas, preferiría con mucho tener un corazón.

—¿Y eso por qué? —preguntó el Espantapájaros.

—Te contaré mi historia, y entonces sabrás.

Así pues, mientras iban caminando por el bosque, el Leñador de Hojalata relató lo siguiente:

—Nací como hijo de un leñador que cortaba árboles en el bosque y vendía la madera para vivir. Cuando crecí me convertí también en leñador, y después de morir mi padre, cuidé de mi anciana madre hasta la muerte. Luego decidí que en vez de vivir solo me casaría, así no me convertiría en un solitario.

»Había una muchacha Mascona que era tan hermosa, que pronto llegué a amarla con todo mi corazón. Ella, por su parte, prometió casarse conmigo tan pronto como yo pudiera ganar lo suficiente como para construir una casa mejor para ella. Así pues, me puse a trabajar con más ahínco que nunca. Pero la muchacha vivía con una vieja que no quería que se casase, porque era tan holgazana que quería que la muchacha se quedase con ella y le cocinara y le hiciera las faenas domésticas. De modo que la vieja fue donde la Malvada Bruja del Este, y le prometió dos ovejas y una vaca si impedía mi matrimonio. Como consecuencia la Malvada Bruja encantó mi hacha, y cuando yo estaba un día cortando a más y mejor, pues estaba ansioso de conseguir lo antes posible la nueva casa y mi esposa, el hacha resbaló de repente y me cortó la pierna izquierda.

»Esto pareció al principio una gran desgracia, pues yo sabía que un cojo no podía arreglárselas bien como leñador. De modo que fui a un hojalatero e hice que me fabricara una nueva pierna de hojalata. La pierna funcionó muy bien, una vez que me acostumbré a ella; pero mi acción irritó a la Malvada Bruja del Este, porque ella había prometido a la vieja que yo no me casaría con la bonita muchacha Mascona. Cuando empecé a talar de nuevo, mi hacha resbaló y cortó mi pierna derecha. Nuevamente fui al hojalatero, y otra vez me hizo una pierna de hojalata. Después el hacha encantada cortó mis brazos, uno tras otro; pero, impertérrito, los hice reemplazar por otros de hojalata. La malvada Bruja hizo entonces que el hacha resbalara y me cortase la cabeza, y primero pensé que mi fin había llegado. Pero ocurrió que pasaba por allí el hojalatero, y me hizo una nueva cabeza de hojalata.

»Pensé que había vencido a la Malvada Bruja entonces, y trabajé más arduamente que nunca; pero no sabía yo cuán cruel era mi enemiga. Ideó ella una nueva manera de matar mi amor por la hermosa doncella Mascona, e hizo resbalar nuevamente mi hacha, de modo que traspasó mi cuerpo, partiéndome en dos mitades. Una vez más vino en mi ayuda el hojalatero y me hizo un cuerpo de hojalata, fijando en él brazos, piernas y cabeza de hojalata, mediante articulaciones, de modo que podía moverme con tanta soltura como antes. Pero, ¡ay!, ya no tenía corazón, de modo que perdí todo mi amor por la muchacha Mascona, y no me importaba casarme o no con ella. Supongo que aún sigue viviendo con la vieja, esperando que yo vaya a buscarla.

»Mi cuerpo brillaba de tal manera al sol, que me sentía muy orgulloso de él y ya no me importaba si resbalaba mi hacha, pues no podía cortarme. Había sólo un peligro: que se oxidaran mis articulaciones; pero guardaba una aceitera en mi cabaña, y tenía la precaución de engrasarme siempre que lo necesitaba. Sin embargo, un día olvidé hacerlo, y me pilló un fuerte aguacero;

antes de que pensara en el peligro, mis junturas se
habían oxidado, y quedé detenido en el bosque hasta
que llegásteis a auxiliarme. Fue terrible soportar aque-
llo, pero durante el año que permanecí de pie allí
tuve tiempo para pensar que la mayor pérdida que
había sufrido era la pérdida de mi corazón. Mientras
estuve enamorado era el hombre más dichoso de la
tierra; pero nadie que carezca de corazón puede amar,
de manera que estoy resuelto a pedirle a Oz que me
dé uno. Si lo hace, volveré donde la doncella Mascona
y me casaré con ella.»

Dorotea y el Espantapájaros habían escuchado
con gran interés la historia del Leñador de Hojalata,
y ahora sabían por qué estaba tan empeñado en conseguir un nuevo corazón.

—De todas maneras —dijo el Espantapájaros—, yo pediré sesos en vez de corazón; porque un
tonto no sabría qué hacer con un corazón si lo tuviera.

—Yo tomaré el corazón —replicó el Leñador
de Hojalata—, porque los sesos no hacen feliz a
nadie, y la felicidad es lo mejor del mundo.

Dorotea nada dijo, porque estaba perpleja,

sin saber cuál de sus dos amigos tenía razón, y decidió que si tan sólo pudiese volver a Kansas y con tía Ema, no importaba mucho que el Leñador no tuviese sesos y el Espantapájaros no tuviese corazón, o que cada cual consiguiese lo que quería.

Lo que más la inquietaba era que casi no quedaba pan, y otra comida de ella y de Toto vaciaría la cesta. Claro está que ni el Leñador ni el Espantapájaros comían nunca nada, pero ella no estaba hecha ni de hojalata ni de paja, y no podría vivir a menos que se alimentara.

6. El León Cobarde

«—!Debieras estar avergonzado de ti mismo¡»

Durante todo este tiempo, Dorotea y sus compañeros habían estado caminando por un espeso bosque. El camino seguía estando pavimentado con ladrillos dorados, pero éstos estaban en buena parte cubiertos de ramas muertas y de hojas secas caídas de los árboles, y caminar no era nada fácil.

Había pocos pájaros en esta parte del bosque, porque a los pájaros les gusta el campo abierto en donde hay mucho sol, pero de vez en cuando escuchaban el ronco gruñido de alguna bestia salvaje escondida entre los árboles. Estos sonidos hacían latir más rápido el corazón de la niña, pues no sabía cómo interpretarlos; pero Toto sí sabía, y trotaba muy cerca de Dorotea y ni siquiera ladraba para contestar.

—¿Cuánto tardaremos en salir del bosque? —preguntó la niña al Leñador de Hojalata.

—No sabría decirlo —fue la respuesta—, pues nunca he estado en la Ciudad Esmeralda. Pero mi padre fue allí una vez, cuando yo era un muchacho, y dijo que era un largo viaje a través de una peligrosa comarca, aunque más cerca de la ciudad en donde habita Oz, el país es hermoso. Pero no me da miedo mientras tenga mi aceitera, y nada puede dañar al Espantapájaros, además tú llevas sobre la frente la marca del beso de la buena Bruja, y esto te librará de todo mal.

—¡Pero, y Toto! —dijo nerviosamente la niña—. ¿A él qué le protegerá?

—Nosotros debemos protegerlo si está en peligro —respondió el Leñador de Hojalata.

En el momento mismo en que terminaba de hablar se oyó en el bosque un terrible rugido, y al instante un gran León saltó al camino. Con un golpe de su pata envió al Espantapájaros girando como un trompo al borde del camino, y luego golpeó al Leñador de Hojalata con sus agudas garras. Pero, con gran sorpresa del León, no pudo hacer mella en la hojalata, aunque el Leñador cayó sobre el camino y quedó tendido e inmóvil.

El pequeño Toto, ahora que tenía un enemigo al cual enfrentarse, corrió ladrando hacia el León, y la gran bestia abrió las fauces para morder al perro, cuando Dorotea, temiendo que matara a Toto, y sin pensar en el peligro, se abalanzó hacia adelante, dio al León un golpe en la nariz, tan fuerte como pudo, mientras gritaba:

—¡No te atrevas a morder a Toto! ¡Debieras estar avergonzado de ti mismo, un animalote tan grande, mordiendo a un pobre perrito!

—Yo no le mordí —dijo el León, y se frotó con la pata la nariz allí donde le había golpeado Dorotea.

—No, pero lo intentaste —replicó ella—. No eres más que un cobardón.

—Ya lo sé —dijo el León, agachando avergonzado la cabeza—. Siempre lo he sabido. Pero ¿cómo podría evitarlo?

—Pues no lo sé. ¡Pensar que has golpeado a un hombre de paja, como el pobre Espantapájaros!

—¿Es de paja? —preguntó sorprendido el León, mientras la veía levantar al Espantapájaros y ponerlo de pie, devolviéndole su forma con unos golpecitos por aquí y por allá.

—Por supuesto que está relleno de paja —replicó Dorotea, enojada todavía.

—Por eso cayó tan fácilmente —observó el León—. Me asombró verlo girar de tal manera. ¿Y el otro, también está relleno?

—No —dijo Dorotea—, él está hecho de hojalata —y ayudó al Leñador a incorporarse.

—Por eso casi melló mis garras —dijo el León—. Cuando arañaron la hojalata me pasó un escalofrío por el lomo. ¿Qué animalito es ése que defiendes con tanta ternura?

—Es mi perro, Toto —respondió Dorotea.

—¿Está hecho de hojalata, o relleno de algo? —preguntó el León.

—Ni lo uno, ni lo otro. es un… un… perro de carne —dijo la niña.

—¡Oh! Es un curioso animal, y parece notablemente pequeño, ahora que lo veo. A nadie se le ocurriría morder a una cosita tan chica, excepto a

un cobarde como yo —continuó con tristeza el León.

—¿Qué es lo que te hace cobarde? —preguntó Dorotea, mirando asombrada a la gran bestia, porque su tamaño era el de un caballo pequeño.

—Es un misterio —replicó el León—. Supongo que nací de ese modo. Todos los demás animales del bosque esperan, naturalmente, que yo sea valiente, porque en todas partes se piensan que el León es el Rey de los Animales. Aprendí que si rugía muy fuerte, todo bicho viviente se asustaba y se apartaba de mi camino. Siempre que me he topado con un hombre he pasado un miedo terrible, pero me ha bastado con rugirle, y siempre se ha apartado corriendo lo más rápido que ha podido. Si los elefantes y los tigres y los osos hubieran intentado pelear conmigo alguna vez, yo mismo habría huído corriendo —soy tan cobarde—; pero tan pronto como me oyen rugir todos tratan de apartarse de mí, y, por supuesto, los dejo irse.

—Pero eso no está bien. El Rey de los Animales no debería ser un cobarde —dijo el Espantapájaros.

—Ya lo sé —replicó el León, secándose una lágrima con la punta del rabo—. Esa es mi gran pena, y me hace sentir muy desgraciado. Pero siempre que hay un peligro el corazón me empieza a latir con rapidez.

—Quizás tengas una enfermedad en el corazón —dijo el Leñador de Hojalata.

—Tal vez —dijo el León.

—Si la tienes —continúo el Leñador de Hojalata—, debieras estar feliz, porque ello prueba que tienes un corazón. Yo, no tengo corazón, de manera que no puedeo tener una enfermedad cardíaca.

—Quizás —dijo pensativo el León—, si yo no tuviera corazón no sería cobarde.

—¿Tienes sesos? —preguntó el Espantapájaros.

—Supongo que sí. Nunca me he puesto a mirar si los tengo —respondió el León.

—Yo voy al gran Oz para que me dé unos pocos —observó el Espantapájaros—, pues mi cabeza está rellena con paja.

—Y yo voy a pedirle que me dé un corazón —dijo el Leñador.

—Yo voy a pedirle que nos envíe a Toto y a mí de vuelta a Kansas —agregó Dorotea.

—¿Creéis que Oz podría darme valentía? —preguntó el León Cobarde.

—Con la misma facilidad con que podría darme sesos —dijo el Espantapájaros.

—O darme un corazón —dijo el Leñador.

—O enviarme de vuelta a Kansas —dijo Dorotea.

—Entonces, si no os importa, iré con vosotros —dijo el León—, porque mi vida es sencillamente insoportable sin un poco de valor.

—Te damos la bienvenida de muy buena gana —contestó Dorotea—, porque ayudarás a mantener apartadas a las otras fieras. Me parece que deben ser más cobardes que tú si dejan que los asustes tan fácilmente.

—Realmente lo son —dijo el León—, pero eso no me hace más valiente a mí, y mientras yo me sepa cobarde seré desgraciado.

Así pues, el pequeño grupo se puso otra vez en camino, con el León avanzando con imponentes zancadas al costado de Dorotea. Toto no aprobó en un comienzo a su nuevo camarada, porque no podía olvidar cuán cerca había estado de ser triturado entre las grandes mandíbulas del León; pero después de un rato se tranquilizó, y pronto Toto y el León Cobarde se hicieron buenos amigos.

Durante el resto de ese día no hubo otra aventura que perturbara la paz de los viajeros. En cierto momento el Leñador de Hojalata pisó un escarabajo que se arrastraba por el camino, y mató al pobre animalito. Esto entristeció muchísimo al Leñador de Hojalata, pues siempre se cuidaba de no hacer daño a ningún ser vivo, y conforme caminaba soltó varias lágrimas de pena y sentimiento. Estas lágrimas corrieron lentamente por su cara y bajaron hasta los goznes de su mandíbula, y los oxidaron. Cuando un momento más tarde, Dorotea le hizo una pregunta, el Leñador no pudo abrir la boca, porque sus mandíbulas estaban pegadas e inmovilizadas por el óxido. Esto le asustó muchísimo y le hizo muchos gestos a Dorotea para que le aliviara, pero ella no podía entenderle. El León también sentía curiosidad por saber cuál era el problema. Pero el Espantapájaros tomó la aceitera de la cesta de Dorotea, y engrasó las mandíbulas del Leñador, de manera que al cabo de unos momentos podía hablar tan bien como antes.

—Esto me servirá de lección —dijo—, para que me fije dónde piso. Pues si matase a cualquier otro insecto o escarabajo, seguramente lloraría nuevamente, y llorar me oxida las mandíbulas de manera que no puedo hablar.

A partir de entonces caminó muy cuidadosamente, con los ojos puestos en el camino, y cuando veía una hormiguita avanzando trabajosamente, pasaba por encima de ella para no herirla. El Leñador de Hojalata sabía que no tenía corazón, y por eso se preocupaba de no ser nunca cruel con nadie.

—Vosotros que tenéis corazón —decía—, tenéis algo que os guíe, y no tenéis por qué obrar nunca mal, pero yo no tengo corazón, y por eso debo ser muy cuidadoso. Cuando Oz me dé un corazón no necesitaré preocuparme tanto.

7. El viaje hacia el Gran Oz

«el árbol cayó aparatosamente en la sima, arrastrando consigo a las horrorosas y gruñentes fieras...»

Esa noche se vieron obligados a acampar al aire libre bajo un gran árbol del bosque, porque no había casas cerca. El árbol constituía un abrigo adecuado y tupido para guarecerlos del rocío. El Leñador de Hojalata cortó un gran montón de leña con su hacha y Dorotea encendió una espléndida hoguera que la calentó y la hizo sentirse menos sola. Toto y ella comieron lo que quedaba de pan, y ahora no sabía qué podrían desayunar.

—Si lo deseas —dijo el León—, iré al bosque y mataré un venado para ti. Lo puedes asar en la hoguera, puesto que vuestros gustos son tan especiales que preferís comer carne cocida, y así tendréis un magnífico desayuno.

—¡No, por favor, no lo hagas! —rogó el Leñador de Hojalata—. Lloraré si matas a un pobre venado, y entonces volverían a oxidárseme las mandíbulas.

Pero el León se adentró en el bosque y encontró su propia cena, y nadie supo qué fue, porque no lo dijo. Y el Espantapájaros halló un árbol lleno de nueces y llenó con ellas la cesta de Dorotea, así ésta no tendría hambre por largo tiempo. La niña consideró que era un detalle por parte del Espantapájaros, pero se rió de la torpeza con que la pobre criatura recogía las nueces. Sus manos almohadilladas eran tan lerdas y las nueces tan pequeñas que dejaba caer casi tantas como echaba en la cesta. Pero al Espantapájaros no le importaba el tiempo que tardaba en llenar la cesta, pues eso le permitía mantenerse apartado del fuego, ya que temía que una chispa pudiera meterse en su paja e incendiarlo. De manera que estaba a una distancia prudencial de las llamas, y sólo se acercó a tapar a Dorotea con hojas secas cuando ella se echó a dormir. Las hojas la mantuvieron muy cómoda y abrigada, y durmió a pierna suelta hasta la mañana.

Cuando fue de día, la niña se lavó la cara en un riachuelo rumoroso y poco después emprendieron todos la marcha hacia la Ciudad Esmeralda.

Iba a ser un día lleno de aventuras para los viajeros. Llevaban caminando apenas una hora cuando se abrió ante ellos una gran quebrada que cruzaba el camino, y dividía el bosque hasta donde alcanzaban a ver por cada lado. Era una quebrada muy ancha, y cuando se acercaron con cuidado a un borde y miraron hacia abajo, pudieron ver además que era muy profunda, y que al fondo había muchas rocas grandes y puntiagudas. Los costados eran tan escarpados que ninguno de ellos podría descender por allí,

y por un momento pareció que debían dar por terminado el viaje.

—¿Qué haremos? —preguntó Dorotea con desaliento.

—No tengo ni la más remota idea —dijo el Leñador de Hojalata; y el León sacudió su desordenada melena y se quedó pensativo.

Pero el Espantapájaros dijo:

—No podemos volar, eso es seguro; ni tampoco descender al fondo de esta gran quebrada. Por consiguiente, si no podemos saltar al otro lado, debemos detenernos donde estamos.

—Creo que podría saltarla —dijo el León Cobarde, después de medir mentalmente y con mucho cuidado la distancia.

—Entonces estamos perfectamente —respondió el Espantapájaros—, porque nos puedes llevar a todos sobre el lomo, uno cada vez.

—Bueno, lo intentaré —dijo el León—. ¿Quién vendrá primero?

—Yo —declaró el Espantapájaros—; porque si descubres que no puedes saltar la brecha y va uno contigo, Dorotea se moriría, o el Leñador de Hojalata se abollaría de mala manera en las rocas del fondo. Pero si voy yo sobre tu lomo no importará mucho, porque la caída no me haría ningún daño.

—Yo mismo tengo un miedo horrible de caer —dijo el León Cobarde—, pero supongo que no hay más remedio que intentarlo. Así es que móntate sobre mí y haremos la prueba.

El Espantapájaros se sentó sobre el lomo del León y la gran fiera caminó hasta el borde de la quebrada y se agazapó.

—¿Por qué no corres y saltas? —preguntó el Espantapájaros.

—Porque esa no es la manera como los leones hacemos estas cosas —replicó. Y entonces, dando un gran salto, salió disparado por el aire y aterrizó sin problemas al otro lado.

Todos quedaron contentísimos al ver con que facilidad lo había hecho, y después de que el Espantapájaros hubo desmontado, el León volvió a saltar la quebrada.

Dorotea pensó ser la siguiente. Tomó a Toto en sus brazos y trepó al lomo del León, sujetándose con firmeza a la melena con una mano. En seguida le pareció estar volando por el aire, y luego, antes de haber tenido tiempo para pensarlo, estaba sana y salva al otro lado. El León regresó por tercera vez y trajo al Leñador de Hojalata; después se sentaron todos un rato para dejar que la fiera descansara, pues sus enormes saltos le habían dejado sin aliento, y jadeaba como un perrazo que hubiese estado corriendo demasiado rato.

Hallaron que el bosque era muy espeso a ese lado, y se veía oscuro y lúgubre. Después que el León hubo descansado, se echaron a andar por el camino de ladrillo dorado, preguntándose silenciosamente, cada uno para sí, si alguna vez llegarían al final de la espesura y verían nuevamente la radiante luz del sol. Para aumentar su intranquilidad, pronto escucharon extraños ruidos provenientes de las profundidades del bosque, y el León les susurró que en esta parte del país habitaban los Kalidahs.

—¿Qué son los Kalidahs? —preguntó Dorotea.

—Son unas bestias monstruosas como con cuerpo de oso y cabeza de tigre —respondió el León—, y con garras tan largas y afiladas que podrían partirme en dos con la misma facilidad con que yo podría matar a Toto. Yo les tengo un miedo horrible a los Kalidahs.

—No me sorprende que se lo tengas —respondió la niña—. Deben ser unas fieras espantosas.

El León es-
taba a punto de
hablar cuando de
pronto llegaron a
otra quebrada que atravesa-
ba el camino, pero ésta era
tan ancha y profunda, que
el León supo en seguida que
no podría cruzarla saltando.

Se sentaron a estudiar qué podrían hacer, y
después de pensarlo detenidamente, el Espantapájaros
dijo:

—He aquí un gran árbol que se alza junto al
borde. Si el Leñador de Hojalata puede cortarlo, de
manera que caiga al otro lado, podremos cruzar a
pie con facilidad.

—Esa es una idea de primera clase —dijo el
León—. Casi sospecharía que tienes sesos en la cabeza, en vez de paja.

El Leñador se puso a trabajar al instante, y tan
afilada era su hacha, que pronto había casi cortado
el tronco del todo. Entonces el león apoyó sus poderosas patas delanteras contra el árbol y empujó con
todas sus fuerzas, y, lentamente, el gran árbol se inclinó, cayendo con estrépito sobre la quebrada, apo-
yando su copa al lado opuesto.

Apenas se habían puesto a cruzar este extraño
puente, cuando un agudo gruñido les hizo levantar la
vista, y con horror vieron corriendo hacia ellos dos
grandes fieras con cuerpo de oso y cabeza de tigre.

—¡Son los Kalidahs! —dijo el León Cobarde, empezando a temblar.

—¡Rápido! —gritó el Espantapájaros—. ¡Crucemos!

Así pues, Dorotea pasó primero, llevando a Toto en brazos, seguida del Leñador de Hojalata y luego del Espantapájaros. El León, aunque estaba realmente asustado, se volvió a hacer frente a los Kalidahs, y luego soltó un rugido tan fuerte y terrible que Dorotea chilló y el Espantapájaros cayó de espaldas, mientras que las bestias feroces se detuvieron en seco y lo miraron con sorpresa.

Pero viendo que eran más grandes que el León, y recordando que eran dos, y él uno solo, los Kalidahs volvieron a la carga, y el León cruzó sobre el árbol y se volvió para ver qué hacían a continuación.

Sin detenerse un instante las feroces fieras empezaron a cruzar también el árbol, y el León le dijo a Dorotea:

—Estamos perdidos porque nos harán pedazos con sus afiladas garras. Pero quédate cerca, detrás de mí, y lucharé contra ellos mientras viva.

—¡Esperad un momento! —exclamó el Espantapájaros. Había estado pensando qué era lo mejor que podía hacerse, y esta vez pidió al Leñador que cortase el extremo del árbol que se apoyaba en el lado de la quebrada donde ellos estaban. El Leñador de Hojalata comenzó a usar su hacha al instante y, en el momento mismo en que los Kalidahs casi habían cruzado, el árbol cayó aparatosamente en la sima, arrastrando consigo a las horrorosas y gruñentes fieras, y ambas se hicieron pedazos en las puntiagudas rocas del fondo del abismo.

—Bueno —dijo el León Cobarde, respirando con hondo alivio—, veo que vamos a vivir un tiempecito más, y me alegro, porque debe ser muy incómodo no estar vivo. Esas criaturas me asustan tanto que todavía me late fuerte el corazón.

—¡Ah! —dijo tristemente el Leñador de Hojalata—, desearía tener un corazón que latiera fuerte.

Esta aventura hizo que los viajeros estuviesen más ansiosos que nunca por salir del bosque, y caminaron tan rápidamente que Dorotea se cansó, y tuvo que seguir montada en el León. Con gran alegría, el grupo comprobó que los árboles iban creciendo más separados conforme avanzaban, y por la tarde llegaron a un ancho río, de rápida corriente. Al otro lado del agua podían ver el camino de ladrillo dorado extendiéndose a lo ancho de un hermoso paisaje, con verdes prados salpicados de alegres flores, y todo el camino estaba bordeado de árboles repletos de exquisitas frutas. Les agradó muchísimo ver ese delicioso paraje ante sus ojos.

—¿Cómo cruzaremos el río? —preguntó Dorotea?

—Eso no es problema —respondió el Espantapájaros—. El Leñador de Hojalata debe construir una balsa, de modo que podamos navegar hasta la otra orilla.

Así pues, el Leñador tomó su hacha y empezó a cortar unos arbolitos para hacer una balsa, y mientras él se ocupaba de esto, el Espantapájaros halló en la ribera un árbol lleno de excelente fruta. Esto le gustó mucho a Dorotea, que sólo había comido nueces durante el día, y se hartó de fruta madura.

Pero lleva tiempo construir una balsa, incluso cuando se es trabajador e incansable como el Leñador de Hojalata, y cuando llegó la noche, la tarea no estaba terminada. Sin embargo encontraron un agradable lugar bajo los árboles en donde durmieron bien

hasta la mañana. Y Dorotea soñó con la Ciudad Esmeralda, y con el buen Mago de Oz, que pronto la enviaría de vuelta a su casita.

8. El campo
de amapolas letales

«Con sus grandes garras cogió al Espantapájaros…».

Nuestro pequeño grupo de viajeros despertó a la mañana siguiente descansado y lleno de esperanzas, y Dorotea desayunó como una princesa con los melocotones y ciruelas de los árboles que había junto al río. Detrás quedaba la sombría espesura que habían atravesado ilesos, aunque con muchos sobresaltos, y ante ellos había una comarca preciosa y soleada que parecía invitarles a seguir hasta la Ciudad Esmeralda.

El río, es cierto, los apartaba ahora de esa hermosa tierra, pero la balsa estaba casi hecha, y después que el Leñador de Hojalata cortó otros pocos troncos y los sujetó con travesaños de madera, estuvieron listos para iniciar la travesía. Dorotea se sentó en medio de la balsa y tomó a Toto en brazos. Cuando el León Cobarde pisó la balsa, ésta se inclinó peligrosamente, pues era grande y pesado, pero el Espantapájaros y el Leñador de Hojalata se pusieron en el lado opuesto para contrapesarlo, y llevaban largas pértigas en las manos para empujar la balsa.

Avanzaron bastante bien al principio, pero cuando llegaron al centro del río, la rápida corriente arrastró la balsa aguas abajo, cada vez más lejos del camino de ladrillos dorados; y el agua se hizo tan profunda que las largas varas no tocaban el fondo.

—Esto va mal —dijo el Leñador de Hojalata—, porque si no podemos acercarnos a tierra seremos arrastrados al país de la Malvada Bruja del Oeste, y ella nos hechizará y nos convertirá en esclavos.

—Y entonces yo no conseguiría sesos —dijo el Espantapájaros.

—Y yo no conseguiría valentía —dijo el León Cobarde.

—Y yo no conseguiría un corazón —dijo el Leñador de Hojalata.

—Y yo no volvería nunca a Kansas —dijo Dorotea.

—Tenemos que intentar llegar a la Ciudad Esmeralda —continuó el Espantapájaros, y empujó tan fuerte con su larga pértiga, que ésta se clavó en el fango del fondo, y antes de que pudiese sacarla nuevamente, o soltarla, la balsa fue arrastrada por la corriente y el pobre Espantapájaros quedó agarrado a la vara en medio del río.

—¡Adiós! —les gritó, y les dio mucha pena abandonarlo, tanto, que el Leñador de Hojalata empezó a llorar, pero afortunadamente recordó que podía oxidarse, y así, secó sus lágrimas con el vestido de Dorotea.

Este era sin duda un contratiempo para el Espantapájaros.

—Ahora estoy en peores condiciones que cuando conocí a Dorotea —pensó—. Entonces estaba

sujeto a un palo en un maizal, en donde, después de todo podía fingir que espantaba pájaros. Pero realmente no tiene sentido un espantapájaros sujeto a un palo en medio de un río. ¡Me temo que al final, no tendré nunca sesos!

La balsa flotaba aguas abajo, y el pobre Espantapájaros quedó muy atrás. Entonces el León dijo:

—Es preciso hacer algo para salvarnos. Creo que puedo nadar hasta la orilla y remolcar la balsa, siempre que alguien agarre la punta de mi rabo.

Saltó, pues, al agua, y el Leñador de Hojalata le asió fuertemente de la cola, mientras el León nadaba con todas sus fuerzas hacia la orilla. Era un trabajo duro, pese a lo grande que era el animal, pero, poco a poco, fueron saliendo de la corriente, y entonces Dorotea tomó la larga pértiga del Leñador de Hojalata y ayudó empujando la balsa hacia tierra.

Cuando por fin llegaron a la orilla y pisaron el hermoso y verde césped estaban todos agotados, y sabían asimismo que la corriente los había apartado muchísimo del camino de ladrillos dorados que conducía a la Ciudad Esmeralda.

—¿Qué haremos ahora? —preguntó el Leñador de Hojalata, mientras el León se echaba sobre la hierba para secarse al sol.

—Debemos volver de algún modo al camino —dijo Dorotea.

—Lo más sensato sería caminar por la ribera del río hasta que lleguemos nuevamente al camino —observó el León.

Así pues, una vez que hubieron descansado, Dorotea recogió su cesta y se pusieron en marcha por la verde orilla, hacia el camino del que los había alejado el río. Era un hermoso paraje soleado lleno de flores y árboles frutales que alegraban la vista, y si no hubiesen estado apenados por el pobre Espantapájaros su alegría hubiese sido completa.

Avanzaban lo más rápido que podían, Dorotea se detuvo una vez a coger una linda flor, y al cabo de un rato el Leñador de Hojalata gritó:

—¡Mirad!

Todos miraron entonces hacia el río, y vieron al Espantapájaros encaramado en su pértiga en medio del agua, con un aspecto muy triste y desolado.

—¿Qué podemos hacer para salvarlo? —preguntó Dorotea.

El León y el Leñador sacudieron la cabeza, pues no lo sabían. Así que se sentaron a la orilla y contemplaron meditabundos al Espantapájaros, hasta que pasó volando una Cigüeña que, al verlos, se detuvo a descansar junto a ellos.

—¿Quiénes sois y adónde vais? —preguntó.

—Yo soy Dorotea —contestó la niña—, y estos son mis amigos, el Leñador de Hojalata y el León Cobarde, y vamos a la Ciudad Esmeralda.

—Este no es el camino —dijo la Cigüeña, torciendo su largo cuello y mirando fijamente al extraño grupo.

—Ya lo sé —replicó Dorotea—, pero hemos perdido al Espantapájaros, y nos estamos preguntando cómo podríamos rescatarlo.

—¿Dónde está? —preguntó la Cigüeña.

—Allí, en el río —señaló la niña.

—Si no fuese tan grande y pesado, yo os lo podría traer —observó la Cigüeña.

—No es nada pesado —se apresuró a decir

Dorotea —porque está relleno de paja, y si nos lo traes te lo agradeceremos eternamente.

—Bueno, lo intentaré —dijo la Cigüeña—, pero si veo que es muy pesado tendré que dejarlo caer nuevamente al agua.

Así pues, el gran pájaro echó a volar hasta donde estaba el Espantapájaros encaramado en su pértiga. Luego, con sus grandes garras cogió al Espantapájaros por un brazo y lo llevó de vuelta a la orilla, en donde estaban sentados Dorotea, el León, el Leñador de Hojalata y Toto.

Cuando el Espantapájaros se halló nuevamente entre sus amigos estaba tan contento que los abrazó a todos, incluso al León y a Toto, y conforme iban caminando cantaba: ¡Olé - olé - oh! a cada paso, tan feliz se sentía.

—Me asustaba la idea de tener que quedarme en el río para siempre —dijo—, pero la bondadosa Cigüeña me salvó, y si alguna vez consigo algo de seso, buscaré a la Cigüeña y le devolveré el favor.

—No hay de qué —dijo la Cigüeña, que iba volando junto a ellos—. Siempre me agrada ayudar a quien tiene un problema. Pero debo irme ahora, porque mis críos me están esperando en el nido. Espero que encontréis la Ciudad Esmeralda y que Oz el Grande os ayude.

—Gracias —dijo Dorotea, y entonces la bondadosa Cigüeña se elevó y pronto se perdió de vista.

Siguieron su marcha escuchando el canto de los pajarillos de vivos colores y mirando las hermosas flores que ahora se habían hecho tan abundantes que el suelo parecía tapizado. Eran grandes capullos amarillos, blancos y púrpura, además de grandes macizos de rojas amapolas, de color tan brillante que casi deslumbraban a Dorotea.

—¿Verdad que son bonitas? —preguntó la niña.

—Supongo que sí —respondió el Espantapájaros—. Cuando tenga sesos probablemente me gustarán más.

—Si tuviera corazón las amaría—, añadió el Leñador de Hojalata.

—Siempre me gustaron las flores —dijo el León—. Parecen tan indefensas y frágiles. Pero en el bosque no hay ninguna de colores tan vivos.

Más adelante se toparon con grupos cada vez más numerosos de grandes amapolas rojas, y cada vez menos de las otras flores, y pronto se hallaron en medio de un gran prado lleno de amapolas. Ahora bien, es de sobra conocido el hecho de que cuando hay muchas de estas flores juntas, su perfume es tan fuerte que cualquiera que lo respire se adormece, y si al durmiente no lo apartan del aroma de las flores sigue durmiendo y durmiendo para siempre. Pero Dorotea no lo sabía, ni podía alejarse de las brillantes flores rojas, que abundaban por todas partes y así, pronto los párpados empezaron a cerrársele y sintió la necesidad de sentarse a dormir.

Pero el Leñador de Hojalata no la dejó hacerlo.

—Debemos apresurarnos y volver al camino de ladrillos dorados antes de que oscurezca —dijo; y el Espantapájaros estuvo de acuerdo. De modo que siguieron caminando hasta que Dorotea ya no podía tenerse en pie. Sus ojos se cerraron sin que pudiese evitarlo, y olvidó donde estaba y cayó entre las amapolas, profundamente dormida.

—¿Qué haremos? —preguntó el Leñador de Hojalata.

—Si la dejamos aquí morirá —dijo el León—. El olor de las flores nos está matando a todos. Yo mismo apenas si puedo mantener los ojos abiertos, y el perro ya está dormido.

Era verdad. Toto había caído junto a su amita. Pero al Espantapájaros y al Leñador de Hojalata, como no estaban hechos de carne, no los afectaba el aroma de las flores.

—Corre rápido —dijo el Espantapájaros al León—, y sal de este campo letal lo antes que puedas.

Nosotros nos llevaremos a la muchachita, pero si tú te duermes, eres demasiado grande para llevarte.

Así pues, el León se desperezó y avanzó a saltos tan rápido como pudo. En un momento se había perdido de vista.

—Hagamos una silla de manos, y llevémosla —dijo el Espantapájaros. Así que recogieron a Toto y lo pusieron sobre la falda de Dorotea, y luego hicieron un asiento con sus manos de forma que sus brazos también le servían de apoyo, y llevaron a la niña dormida a través de las flores.

Caminaron y caminaron, y parecía como si el tapiz de flores mortales que los rodeaba no fuese a acabar nunca. Siguieron las curvas del río y finalmente llegaron donde estaba tumbado su amigo el León, durmiendo a pierna suelta entre las amapolas. Las flores habían sido demasiado fuertes para la enorme fiera y finalmente se había dado por vencida, habiendo caído cuando quedaba muy poco para el final del campo de amapolas, allí donde la alegre pradera se extendía en verdes manchones.

—No podemos hacer nada por él —dijo el Leñador de Hojalata, tristemente—, porque es demasiado pesado para levantarlo. Debemos dejarlo dormido aquí para siempre, y quizá sueñe que por fin ha encontrado valor.

—Lo siento —dijo el Espantapájaros—. El León era un buen camarada, aunque fuese tan cobarde. Pero sigamos.

Llevaron a la niña dormida hasta un hermoso rincón junto al río, lo bastante alejado del campo de amapolas como para que no pudiese seguir respirando el veneno de las flores, y allí la tendieron suavemente sobre la blanda hierba y aguardaron a que la fresca brisa la despertase.

9. La Reina
de los ratones campestres

«—Permíteme presentarte a su Majestad la reina».

—No podemos estar lejos del camino de ladrillos dorados ahora —observó el Espantapájaros, de pie junto a Dorotea—, porque hemos retrocedido casi tanto como nos arrastró el río.

El Leñador de Hojalata estaba a punto de responderle cuando escuchó un sordo gruñido, y volviendo la cabeza (que funcionaba estupendamente sobre sus goznes) vio venir hacia ellos un extraño animal dando saltos sobre el césped. Era un gran Gato Montés amarillo, y el Leñador pensó que debía estar cazando algo, porque llevaba las orejas tiesas, y las fauces muy abiertas, mostrando dos hileras de feos colmillos, mientras sus ojos rojizos brillaban como bolas de fuego. Cuando se acercó más, el Leñador de Hojalata vio que corriendo delante de la fiera iba un ratoncito campestre, y aunque no tenía corazón sabía que era malo que el Gato Montés tratara de matar a una criatura tan bonita e inofensiva.

Así que levantó su hacha y en el instante en que el Gato Montés pasaba corriendo dio un rápido golpe que separó limpiamente la cabeza del cuerpo del animal, que rodó a sus pies en dos pedazos.

El ratón campestre, apenas se vio libre de su enemigo, se detuvo en seco, y acercándose lentamente al Leñador dijo, con una vocecita chillona:

—¡Oh, gracias! Muchas gracias por salvarme la vida.

—Por favor, no merece la pena —replicó el Leñador—. Yo no tengo corazón, sabes, así es que me cuido de ayudar a todo el que pueda necesitar un amigo, aunque sólo sea un ratón.

—¡Sólo un ratón! —gritó el animalito, indignado—. ¡Vaya, yo soy una Reina; la Reina de todos los ratones campestres!

—¡Caramba! —dijo el Leñador, haciéndole una reverencia.

—Por lo tanto has realizado una gran hazaña, y muy valiente por cierto, al salvarme la vida —agregó la Reina.

En ese momento vieron muchos ratones corriendo hacia ellos con toda la velocidad que les daban sus patitas, y al ver a su Reina, exclamaron:

—¡Oh, Majestad, creímos que os habían asesinado! ¿Cómo hicisteis para escapar del gran Gato Montés? —y todos se inclinaron tan profundamente ante la pequeña Reina que casi se hundieron de cabeza.

—Este divertido hombre de Hojalata —contestó ella—, mató al Gato Montés y me salvó la vida. Así que en lo sucesivo debéis servirlo todos, y obedecer sus menores deseos.

—¡Así será! —gritaron todos los ratones, con un coro de chillidos. Y luego se dispersaron en todas direcciones, porque Toto había despertado de su sueño, y al ver todos estos ratones a su alrededor ladró de felicidad y saltó en medio del grupo. A Toto siempre le había gustado, cuando vivía en Kansas, perseguir ratones y no veía nada malo en ello.

Pero el Leñador de Hojalata tomó en brazos al perro y lo sujetó con firmeza, mientras gritaba a los ratones:

—¡Volved! ¡Volved! Toto no os hará daño.

Al oír esto la Reina de los ratones sacó la cabeza de entre la hierba y preguntó, con tímida voz:

—¿Estáis seguro de que no nos morderá?

—No temáis, no le dejaré hacerlo —dijo el Leñador de Hojalata.

Los ratones se acercaron temerosos, uno a uno, y Toto no volvió a ladrar, aunque trató de soltarse de los brazos del Leñador, y le habría mordido si no hubiese sabido que estaba hecho de hojalata. Finalmente uno de los ratones más grandes habló.

—¿Hay algo que podamos hacer —preguntó—, para pagarte el que hayáis salvado la vida de nuestra Reina?

—Nada que yo sepa —respondió el Leñador; pero el Espantapájaros, que había estado intentando pensar, pero no podía porque su cabeza estaba rellena de paja, dijo rápidamente—. ¡Oh, sí! Podéis salvar a nuestro amigo, el León Cobarde, que está dormido en el campo de amapolas.

—¡Un león! —exclamó la pequeña Reina—. Pero si nos comería a todos.

—Oh, no —declaró el Espantapájaros—, éste león es un cobarde.

—¿De verdad? —preguntó la ratita.

—El mismo lo dice —respondió el Espantapájaros—, y jamás haría daño a ningún amigo nuestro. Si nos ayudáis a salvarlo os prometo que os
tratará a todos con amabilidad.

—Muy bien —dijo la Reina—, tenemos confianza en vosotros. ¿Pero qué haremos?

—¿Os reconocen como reina y están dispues-
tos a obedeceros muchos ratones?

—Oh, sí; miles —replicó ésta.

—Entonces mandad que acudan con la mayor
brevedad, y que cada uno traiga un largo trozo de
cuerda.

La Reina se volvió hacia los ratones que la
atendían y les dijo que fueran pronto a convocar a
todo su pueblo.

Apenas escucharon sus órdenes, salieron corriendo en todas direcciones, tan rápido como podían.

—Ahora —dijo el Espantapájaros al Leñador
de Hojalata—, debes ir a esos árboles junto al río y
hacer un carro para transportar al León.

El Leñador fue al instante hasta los árboles y
se puso a trabajar, y pronto hizo un carro con ramas
a las que cortó ramitas y hojas. Las unió con clavijas de
madera; e hizo las cuatro ruedas con el tronco de
un árbol. Trabajó tan aprisa, que cuando empezaron
a llegar los ratones ya estaba completamente listo el
carro.

Llegaron desde todas las direcciones, y los había
a miles: ratones grandes, pequeños y medianos;
cada uno con un trozo de cuerda en la boca. Fue
aproximadamente ése el momento en que Dorotea
despertó de su largo sueño y abrió los ojos. Se sorprendió muchísimo de verse tendida en la hierba
rodeada de miles de ratones que la miraban con timi-

dez. Pero el Espantapájaros le contó todo lo sucedido, y volviéndose a la pequeña Reina ratonil, dijo:

—Permíteme presentarte a su Majestad, la Reina.

Dorotea inclinó muy seria la cabeza y la Reina hizo una reverencia, después se hizo muy amiga de la muchachita.

El Espantapájaros y el Leñador empezaron entonces a amarrar los ratones al carro usando las cuerdas que éstos habían traído. Un extremo de la cuerda se ataba al cuello de un ratón y el otro extremo al carro. Naturalmente el carro era mil veces mayor que cualquiera de los ratones que había de arrastrarlo, pero cuando todos los ratones hubieran sido uncidos, pudieron tirar con gran facilidad. Incluso el Espantapájaros y el Leñador de Hojalata pudieron sentarse en él y sus extraños caballitos los llevaron rápidamente donde yacía dormido el León.

Después de un largo y fatigoso trabajo, porque el León era pesado, se las arreglaron para subirlo al carro. Entonces la Reina, apresuradamente, dio a su pueblo la orden de partir, porque temía que si los

ratones se quedaban mucho rato entre las amapolas también se dormirían.

Al principio, los animalitos, pese a ser tantos, apenas si podían mover el carro con tan pesada carga, pero el Leñador y el Espantapájaros lo empujaron desde atrás y así pudieron avanzar mejor. Pronto sacaron al León del campo de amapolas a las verdes praderas, en donde podía volver a respirar el aire puro y fresco, en vez del venenoso perfume de las flores.

Dorotea fue a su encuentro y agradeció efusivamente a los ratoncillos el haber salvado a su compañero de la muerte. Se había encariñado tanto con el gran León que estaba contenta de que le hubiesen rescatado.

Entonces desuncieron del carro a los ratones, que se dispersaron corriendo por el césped hacia sus hogares. La última en irse fue la Reina de los Ratones.

—Si alguna vez nos volvéis a necesitar —dijo—, venid al campo y llamad, y os escucharemos y vendremos en vuestro auxilio. ¡Adiós!

—¡Adiós! —dijeron todos, y la Reina se fue corriendo, mientras Dorotea sujetaba firmemente a Toto para que no echase a correr tras ella y la asustase.

Después se sentaron junto al León a esperar que despertase; y el Espantapájaros trajo a Dorotea un poco de fruta de un árbol cercano que le sirvió de cena.

10. El Guardián de las Puertas

«...así que se reunieron en torno a la mesa y Dorotea comió unas deliciosas gachas...».

Pasó cierto tiempo antes de que despertara el León Cobarde, porque había estado largo rato tendido entre las amapolas, aspirando su mortal fragancia. Pero cuando abrió los ojos y se bajó del carro estuvo muy contento de hallarse vivo todavía.

—Corrí lo más rápido que pude —dijo, sentándose y bostezando—, pero las flores fueron más fuertes que yo. ¿Cómo me sacásteis?

Entonces le hablaron de los ratones campestres, y de cómo le habían salvado generosamente de la muerte, y el León Cobarde rió, y dijo:

—Siempre me había considerado muy grande y terrible, y no obstante unas cositas pequeñas como las flores casi me matan, y unos animalitos pequeños como los ratones me han salvado la vida. ¡Qué extraño es todo esto! Pero, compañeros, ¿qué haremos ahora?

—Debemos continuar el viaje hasta que encontremos el camino de ladrillo dorado nuevamente —dijo Dorotea—, y entonces podremos proseguir hasta la Ciudad Esmeralda.

Así pues, cuando el León estuvo totalmente descansado y como nuevo, reemprendieron la marcha, disfrutando mucho de la caminata por la hierba fresca y suave, y al poco rato habían llegado al camino de ladrillos dorados y se encaminaban otra vez hacia la Ciudad Esmeralda en donde habitaba el gran Oz.

El camino era llano y estaba bien pavimentado ahora, y la región circundante era hermosa, por lo que los viajeros se alegraron de haber dejado el bosque, y con él todos los peligros con que se habían topado en sus tétricas espesuras. Una vez más pudieron ver vallas levantadas junto al camino, pero estaban pintadas de verde, y cuando llegaron a una casita, en la que evidentemente vivía un granjero, también estaba pintada de verde. Pasaron frente a varias de estas casas durante la tarde, y a veces se asomaba gente a las puertas y los miraba como si quisieran hacerles preguntas, pero ninguno se acercó ni les habló por temor al gran León. Todo el mundo llevaba ropas de un bonito color verde esmeralda y usaban sombreros puntiagudos como los de los Mascones.

—Esta debe ser la tierra de Oz —dijo Dorotea—, y ciertamente nos estamos acercando a la Ciudad Esmeralda.

—Sí —contestó el Espantapájaros—. Todo es verde aquí, mientras que en el país de los Mascones era el azul el color favorito. Pero la gente no parece ser tan amistosa como los Mascones, y me temo que no podremos hallar un lugar donde pernoctar.

—Me gustaría comer algo más que fruta —dijo la niña—, y estoy segura que Toto está casi muerto de hambre. Detengámonos en la próxima casa y hablemos con la gente.

Así pues, cuando llegaron a una granja de regular tamaño, Dorotea caminó con decisión hasta la puerta y llamó.

Una mujer la entreabrió lo suficiente como para mirar hacia afuera y dijo:

—¿Qué quieres, niña, y por qué vas con ese gran León?

—Deseamos pasar la noche aquí, si nos lo permites —respondió Dorotea—, y el León es mi amigo y camarada, y no te haría daño por nada del mundo.

—¿Es manso? —preguntó la mujer abriendo la puerta un poco más.

—Oh, sí —dijo la niña—, y es también un gran cobarde. Estará más atemorizado de vosotros, que vosotros de él.

—Bueno —dijo la mujer después de pensarlo y de echarle otra mirada al León—, si es así podéis entrar, y os daré algo de cenar y un lugar para dormir.

Así pues, entraron en la casa donde, además de la mujer, había dos niños y un hombre. Este se había herido una pierna y yacía en un sofá, en un rincón. Parecieron sorprenderse muchísimo al ver un grupo tan raro, y mientras la mujer se ocupaba en poner la mesa, el hombre preguntó:

—¿Adónde vais todos?

—A la Ciudad Esmeralda —dijo Dorotea—, a ver al Gran Oz.

—¡De veras! —exclamó el hombre—. ¿Estáis seguros de que Oz querrá veros?

—¿Por qué no? —replicó ella.

—Bueno, dicen que nun-

ca recibe a nadie. He estado varias veces en la Ciudad Esmeralda, y es un lugar maravilloso, pero jamás se me ha permitido ver al Gran Oz, ni he oído hablar de nadie que lo haya visto.

—¿No sale nunca? —preguntó el Espantapájaros.

—Nunca. Se está sentado día tras día en la gran sala del trono de su palacio, y ni siquiera los que lo atienden lo ven cara a cara.

—¿Qué aspecto tiene? —preguntó la niña.

—Eso es algo difícil de decir —dijo pensativamente el hombre—. Veréis, Oz es un gran Mago, y puede tomar la forma que desee. Así es que algunos dicen que parece un pájaro, y otros dicen que parece un elefante y otros que parece un gato. Ante otros aparece como una hermosa hada, o como un trasgo, o de la forma que quiera. Pero cómo es el verdadero Oz cuándo está en su propia forma, ningún ser viviente puede decirlo.

—Eso es muy extraño —dijo Dorotea—, pero debemos tratar de verlo, de algún modo, o habremos hecho nuestro viaje en vano.

—¿Por qué deseáis ver al terrible Oz? —preguntó el hombre.

—Yo quiero que me dé un poco de seso —dijo ansiosamente el Espantapájaros.

—Ah, Oz podría hacer eso fácilmente —declaró el hombre.

—Y yo quiero que me dé un corazón —dijo el Leñador de Hojalata.

—Eso no será problema para él —continuó el hombre—, porque Oz tiene una gran colección de corazones, de todas formas y tamaños.

—Y yo quiero que me dé valentía —afirmó el León Cobarde.

—Oz guarda una gran olla llena de valentía

en su salón del trono —dijo el hombre—, que ha tapado con un plato de oro, para evitar que se derrame. Te dará con gusto un poco.

—Y yo quiero que me envíe de vuelta a Kansas —dijo Dorotea.

—¿Dónde está Kansas? —preguntó el hombre con sorpresa.

—No lo sé —replicó melancólicamente Dorotea—, pero es mi patria, y estoy segura de que está en alguna parte.

—Muy probablemente. Bueno, Oz puede hacer cualquier cosa, hasta supongo que te encontrará Kansas. Pero primero tenéis que lograr verlo, y eso es difícil, porque al Gran Mago no le agrada ver a nadie, y por lo general se sale con la suya. ¿Pero qué quieres tú? —continuó, dirigiéndose a Toto. Este sólo meneó la cola porque, huelga decirlo, no podía hablar.

En ese momento la mujer les avisó que la cena estaba lista, así que se reunieron en torno a la mesa y Dorotea comió unas deliciosas gachas y un plato de huevos revueltos y otro de rico pan blanco, saboreando su comida. El León probó las gachas, pero no le interesaron, diciendo que estaban hechas de avena, y que la avena era alimento para caballos, no para leones. El Espantapájaros y el Leñador de Hojalata no comieron absolutamente nada. Toto comió un poco de todo, contento de tomar nuevamente una buena cena.

Luego la mujer dio a Dorotea una cama para dormir, y Toto se echó a su lado, mientras el León custodiaba la puerta de su cuarto para que nadie la molestara. El Espantapájaros y el Leñador de Hojalata se instalaron de pie en un rincón y se mantuvieron quietos toda la noche, aunque, por supuesto, no pudieron dormir.

A la mañana siguiente, apenas salió el sol, se

pusieron en marcha, y pronto vieron un hermoso resplandor verde en el cielo, frente a ellos.

—Esa debe ser la Ciudad Esmeralda —dijo Dorotea.

Conforme avanzaban, el resplandor verde se hacía más y más brillante, y parecía que al fin se estaban acercando al término de su travesía. Y sin embargo ya era por la tarde cuando llegaron a la gran muralla que rodeaba la Ciudad. Era alta y sólida y de un color verde brillante.

Frente a ellos, al extremo del camino de ladrillos dorados, había una gran puerta, enteramente tachonada de esmeraldas que destellaban de tal manera al sol que hasta los ojos pintados del Espantapájaros quedaron deslumbrados con su fulgor.

Había un timbre junto a la puerta, y Dorotea pulsó el botón y oyó cómo dentro se oía un tintinear argentino. Entonces la gran puerta se abrió lentamente, y todos ellos atravesaron el umbral y se hallaron en una elevada sala abovedada, en cuyas paredes centelleaban innumerables esmeraldas.

Ante ellos se erguía un hombrecito de tamaño semejante al de los Mascones. Vestía entero de verde, de la cabeza a los pies, y hasta su piel tenía un tinte verdoso. A su lado había un gran baúl verde.

Cuando vio a Dorotea y sus compañeros, el hombre preguntó:

—¿Qué deseáis en la Ciudad Esmeralda?

—Venimos a ver al Gran Oz —dijo la niña.

El hombre quedó tan asombrado con esta respuesta que se sentó a meditarla.

—Han pasado muchos años sin que alguien me pidiese ver a Oz —dijo, meneando perplejo la cabeza—. El es poderoso y terrible, y si venís con un propósito ocioso o disparatado a perturbar las sabias meditaciones del Gran Mago, podría enfurecerse y destruiros a todos en un instante.

—Pero no es un propósito disparatado, ni ocioso —replicó el Espantapájaros—, es importante. Y nos han dicho que Oz es un buen Mago.

—Sí lo es —dijo el hombrecillo verde—, y gobierna sabiamente la Ciudad Esmeralda. Pero con aquellos que no son honestos, o que se le acercan por curiosidad, es espantoso y terrible, y pocos se han atrevido a pedir ver su rostro. Yo soy el Guardián de las Puertas, y como habéis solicitado ver al Gran Oz debo llevaros a su palacio. Pero primero debéis poneros gafas.

—¿Por qué? —preguntó Dorotea.

—Porque si no llevarais gafas el brillo y esplendor de la Ciudad Esmeralda os cegaría. Incluso sus habitantes deben usar gafas día y noche. Están todas guardadas bajo llave, porque así lo ordenó Oz cuando se construyó la Ciudad por primera vez, y yo tengo la única llave que puede sacarlas.

Abrió el gran baúl, y Dorotea vio que estaba lleno de gafas de todos los tamaños y formas. Todas tenían cristales verdes. El Guardián de las Puertas encontró un par que le fuera bien a Dorotea y se las puso. Llevaban sujetas dos correas doradas que pasaron por detrás de su cabeza, en donde el Guardián de las Puertas las acerrojó una con otra con una llavecita que llevaba colgada al cuello con una cadena. Una vez puestas, Dorotea no se las habría podido

quitar ni aunque hubiese querido, y como no estaba dispuesta a que la cegara el resplandor de la Ciudad Esmeralda, no dijo nada.

Luego el hombrecillo verde colocó gafas al Espantapájaros, al Leñador de Hojalata y al León, y hasta al pequeño Toto, y cerró todas ellas con la llavecita.

Después de esto, el Guardián de las Puertas se puso sus propias gafas y les dijo que estaba dispuesto a mostrarles el camino al palacio. Retirando una gran llave de oro de un colgador clavado en la pared, abrió otra puerta y atravesando el umbral le siguieron todos hasta las calles de la Ciudad Esmeralda.

11. La maravillosa Ciudad Esmeralda de Oz

«...los ojos giraron lentamente y la miraron penetrantes».

El brillo de la maravillosa Ciudad deslumbró al principio a Dorotea y sus amigos, aun llevando los ojos protegidos por las gafas verdes. En las calles se alzaban hermosas casas, todas construidas de verde mármol y tachonadas por doquier de deslumbrantes esmeraldas. Caminaban sobre un pavimento del mismo mármol verde, y donde se juntaban los bloques había hileras de esmeraldas, engastadas una junto a otra y destellando con el resplandor del sol. Los cristales de las ventanas eran de vidrio verde. Hasta el cielo sobre la Ciudad tenía un tono verde, y los rayos del sol eran verdes.

Había mucha gente —hombres, mujeres y niños— deambulando, y todos ellos vestían ropas verdes y tenían una piel verdosa. Miraban a Dorotea y a la extraña comitiva con ojos atónitos, y todos los niños corrieron a esconderse detrás de sus madres al ver al León, y nadie les habló. En la calle había muchas tiendas, y Dorotea vio que en ellas todo era verde. Caramelos verdes y verdes palomitas de maíz se ofrecían a la venta, como también zapatos verdes, sombreros verdes y ropa verde de todo tipo. En un lugar había un hombre vendiendo limonada verde, y cuando los niños la compraron, Dorotea pudo ver que la pagaban con moneditas verdes.

Al parecer, no había caballos ni animales de ninguna especie. Los hombres llevaban las cosas en pequeños carros que iban empujando. Todos parecían felices y prósperos.

El Guardián de las Puertas les condujo a través de las calles hasta que llegaron a un gran edificio, situado exactamente en el centro de la Ciudad, que era el Palacio de Oz, el Gran Mago. En la puerta había un soldado, vestido de uniforme verde, con una larga barba verde.

—Estos son unos extranjeros —le dijo el Guardián de las Puertas—, que piden ver al Gran Oz.

—Entrad —dijo el soldado—, y yo llevaré vuestro mensaje.

Atravesaron las puertas del Palacio y fueron conducidos hasta una gran sala con una alfombra verde y unos bonitos muebles verdes con incrustaciones de esmeraldas. El soldado hizo que todos se limpiaran los pies en un felpudo verde antes de entrar en esa sala, y cuando estuvieron sentados les dijo cortésmente.

—Por favor, poneos cómodos mientras voy hasta la puerta del Salón del Trono y le digo a Oz que estáis aquí.

Tuvieron que esperar largo rato hasta que regresó el soldado. Cuando por fin volvió, Dorotea le preguntó:

—¿Has visto a Oz?

—Oh, no —replicó el soldado—. Nunca le he visto. Pero le hablé mientras permanecía sentado detrás de un biombo, y le di vuestro mensaje. Dijo que os concederá una entrevista, si así lo deseáis, pero que cada uno de vosotros debe entrar en su presencia solo, y sólo admitirá a uno cada día. Por consiguiente, como debéis permanecer en el Palacio varios días, tendré que mostraros vuestras habitaciones, en las que podréis descansar de vuestro viaje.

—Gracias —respondió la niña—, es muy amable por parte de Oz.

El soldado sopló entonces un silbato verde, y al instante una muchacha vestida con una bonita túnica de seda verde entró en la sala. Tenía un precioso cabello verde y ojos verdes, e hizo una gran reverencia ante Dorotea, diciendo:

—Sígueme y te mostraré tu habitación.

Dorotea se despidió de todos sus amigos excepto de Toto, y llevando al perro en brazos siguió a la muchacha verde por siete corredores y tres tramos de escaleras ascendentes hasta llegar a una habitación que daba a la fachada del Palacio. Era el cuartito más simpático del mundo, con una cama blanda y cómoda, con sábanas de seda verde y un cubrecama de terciopelo verde. En medio del cuarto había una fuentecilla, de la que surgía un chorro de verde perfume, para caer otra vez en un estanque de mármol verde hermosamente tallado. En las ventanas había preciosas flores verdes, y había una estantería con una hilera de libritos verdes. Cuando Dorotea tuvo tiempo de abrirlos los halló repletos de extrañas figuras verdes que la hicieron reír, por lo divertidas que eran.

En un guardarropa había muchos vestidos verdes, hechos de seda, satén y terciopelo, y todos le quedaban pintiparados a Dorotea.

—Confío en que te sientas como en tu casa —dijo la muchacha verde—, y si deseas algo, haz sonar la campanilla. Oz enviará a buscarte mañana por la mañana.

Dejó sola a Dorotea y volvió donde los demás, a los que guió también a sus habitaciones, y cada uno de ellos se encontró alojado en una parte muy agradable del Palacio. Naturalmente que esa cortesía estaba de más con el Espantapájaros, porque cuando se halló solo en su habitación se quedó estúpidamente de pie en el mismo sitio, junto al umbral, a esperar hasta la mañana. No le habría descansado tenderse, y no podía cerrar los ojos, de modo que permaneció toda la noche contemplando una arañita que estaba tejiendo su tela en una esquina del cuarto, como si no tuviese una de las habitaciones más maravillosas del mundo. El Leñador de Hojalata se tendió en su cama por la fuerza de la costumbre, pues se acordaba de cuando estaba hecho de carne, pero no pudiendo dormir, pasó toda la noche moviendo hacia uno y otro lado sus articulaciones para asegurarse de que se mantenía en forma. El León habría preferido una cama de hojas secas en el bosque, y no le agradó quedar encerrado en un cuarto, pero era demasiado sensato como para dejar que esto le preocupara, de modo que saltó sobre la cama y se acurrucó como un gato y ronroneó hasta que al minuto se durmió.

A la mañana siguiente, después del desayuno, la doncella verde vino a buscar a Dorotea, y la vistió con uno de los vestidos más bonitos —hecho de satén verde damasquinado—. Dorotea se puso un delantal de seda verde y ató una cinta verde al cuello de Toto, y se pusieron en marcha hacia el Salón del Trono del Gran Oz.

Llegaron primero a un gran vestíbulo en donde había muchas damas y caballeros de la corte, todos engalanados con ricos ropajes. Esta gente no tenía nada que hacer excepto hablar unos con otros, pero siempre venían a aguardar fuera del Salón del Trono cada mañana, aunque nunca se les permitía ver a Oz. Al entrar Dorotea la miraron con curiosidad y uno de ellos susurró:

—¿Va usted a ver realmente cara a cara a Oz el Terrible?

—Por supuesto —respondió la niña—, si él quiere verme.

—Oh, él te verá —dijo el soldado que había llevado al Mago el mensaje de Dorotea—, aunque no le gusta que la gente pida verlo. En efecto, al principio estaba furioso y dijo que debía enviarte de vuelta al lugar de donde venías. Luego me preguntó qué aspecto tenías, y cuando mencioné tus zapatos de plata, se interesó mucho. Finalmente mencioné la marca sobre tu frente, y decidió admitirte en su presencia.

En ese instante sonó una campanilla y la muchacha verde dijo a Dorotea:

—Esa es la señal. Debes entrar sola en el Salón del Trono.

Abrió una puertecita y Dorotea avanzó con decisión y se encontró en un lugar maravilloso. Era una gran sala circular con un elevado techo abovedado, y las paredes y el cielo raso y el piso estaban cubiertos con grandes esmeraldas engastadas una junto a otra. En el centro del techo había una gran luz, tan brillante como el sol, que hacía relumbrar las esmeraldas de un modo maravilloso.

Pero lo que más interesó a Dorotea fue el gran trono de mármol verde que se alzaba en medio del salón. Tenía forma de silla y resplandecía de joyas, como todo lo demás. En el centro de la silla había una enorme cabeza, sin cuerpo que la sostuviera, ni brazos ni piernas de ninguna clase. No había pelo sobre esta cabeza, pero tenía ojos, nariz y boca, y era mucho más grande que la cabeza del gigante más enorme.

Mientras Dorotea contemplaba esto con asombro y miedo, los ojos giraron lentamente y la miraron, penetrantes. Luego se movió la boca, y Dorotea oyó una voz que decía:

—Yo soy Oz, el Grande y Terrible. ¿Quién eres, y por qué me buscas?

No era una voz tan terrible como la que había esperado de la gran Cabeza; de manera que se armó de valor y respondió:

—Yo soy Dorotea, la Pequeña y Humilde. He venido a pedirte ayuda.

Los ojos la miraron pensativos durante un minuto. Luego la voz dijo:

—¿Dónde conseguiste esos zapatos de plata?

—Los obtuve de la Malvada Bruja del Este, cuando mi casa cayó encima de ella y la mató —replicó.

—¿Dónde conseguiste la marca sobre tu frente? —continuó la voz.

—Ahí me besó la buena Bruja del Norte cuando me despidió y me envió hacia ti —dijo la niña.

Nuevamente los ojos la miraron, escrutadores, y vieron que estaba diciendo la verdad. Luego Oz preguntó:

—¿Qué deseas que haga yo?

—Envíame de vuelta a Kansas, en donde están mi tía Ema y mi tío Enrique —contestó seriamente—. No me gusta tu país, aunque sea tan bonito. Y estoy segura de que tía Ema estará terriblemente preocupada al ver que me ausento tanto.

Los ojos parpadearon tres veces, y giraron hacia el techo y bajaron hacia el suelo y luego dieron vueltas de modo tan raro que parecían ver cada una de las partes de la sala. Finalmente volvieron a fijarse sobre Dorotea.

—¿Por qué tendría que hacer esto por ti? —preguntó Oz.

—Porque tú eres fuerte y yo soy débil; porque tú eres un Gran Mago y yo soy sólo una niñita desvalida.

—Pero fuiste lo bastante fuerte como para matar a la Malvada Bruja del Este —dijo Oz.

—Eso sucedió solo —replicó Dorotea con sencillez—. Yo no pude evitarlo.

—Bueno —dijo la Cabeza—, te daré mi respuesta. No tienes derecho a esperar que te envíe de regreso a Kansas, a menos que hagas algo por mí a cambio. En este país todo el mundo debe pagar cada cosa que obtiene. Si deseas que use mi mágico poder para enviarte de vuelta a casa, debes hacer primero algo por mí. Ayúdame y yo te ayudaré.

—¿Qué debo hacer? —preguntó la niña.

—Matar a la Malvada Bruja del Oeste —respondió Oz.

—¡Pero si yo no puedo! —exclamó Dorotea, muy sorprendida.

—Tú mataste a la Malvada Bruja del Este y llevas los zapatos de plata, que tienen un poderoso encantamiento. Ahora no queda sino una Malvada Bruja en toda esta tierra, y cuando puedas decirme que está muerta, te enviaré de regreso a Kansas, pero no antes.

La niña se echó a llorar, estaba tan decepcionada, y los ojos parpadearon nuevamente y la miraron con ansiedad, como si al Gran Oz le pareciera que ella podía ayudarlo si quisiera.

—Nunca maté a nadie a sabiendas —sollozó Dorotea—, y aun si quisiera hacerlo, ¿cómo podría matar a la Malvada Bruja? Si tú, que eres Grande y Terrible, no puedes matarla, ¿cómo esperas que lo haga yo?

—No lo sé —dijo la Cabeza—, pero esa es mi

respuesta, y hasta que muera la Malvada Bruja no volverás a ver a tu tío y tu tía. Recuerda que la Bruja es malvada —tremendamente malvada— y debe morir. Márchate ahora y no pidas verme hasta que hayas cumplido tu misión.

Dorotea salió apenada del Salón del Trono y volvió donde el León y el Espantapájaros y el Leñador de Hojalata estaban esperando para oír lo que Oz le había dicho.

—No hay esperanza para mí —dijo ella tristemente—, porque Oz no me enviará de regreso a casa hasta que yo no mate a la Malvada Bruja del Oeste, y eso no podré hacerlo nunca.

Sus amigos lo lamentaron, pero no podían hacer nada para ayudarla, así que Dorotea fue a su habitación y se tumbó sobre la cama y lloró hasta dormirse.

A la mañana siguiente, el soldado de patillas verdes llegó con el Espantapájaros y le dijo:

—Ven conmigo. Oz me ha enviado a buscarte.

El Espantapájaros le siguió y fue admitido en el gran Salón del Trono, en donde vio, sentada en el trono de esmeraldas, a una bellísima dama. Vestía de seda verde y sobre sus abundantes rizos verdes llevaba una enorme corona cuajada de joyas. De sus hombros nacían unas alas, de colores espléndidos, y tan livianas que se agitaban cuando las rozaba el más ligero soplo de aire.

Cuando el Espantapájaros hubo hecho su reverencia, con tanta elegancia como se lo permitía su relleno de paja, ante esta hermosa criatura, ella lo miró con dulzura, y dijo:

—Yo soy Oz, el Grande y Terrible. ¿Quién eres y por qué me buscas?

El Espantapájaros, que había esperado ver la gran Cabeza de que le había hablado Dorotea, estaba muy asombrado, pero respondió valientemente.

—Yo soy sólo un Espantapájaros, relleno de paja. Por lo tanto, no tengo sesos, y vengo a rogarte que pongas sesos en mi cabeza en vez de paja, para que pueda llegar a ser un hombre como cualquier otro de tus dominios.

—¿Por qué tendría yo que hacer eso por ti?, preguntó la Dama.

—Porque eres sabia y poderosa, y nadie más puede ayudarme —respondió el Espantapájaros.

—Jamás concedo favores sin algo a cambio —dijo Oz—, pero te prometo que si matas a la Malvada Bruja del Oeste te otorgaré muchísimos sesos, tan buenos que serás el hombre más sabio de toda la tierra de Oz.

—Creí que habías pedido a Dorotea que matara a la Bruja —dijo el Espantapájaros sorprendido.

—Así lo hice. No me importa quién la mate. Pero no te concederé tu deseo hasta que esté muerta. Vete ahora, y no me busques de nuevo hasta que no te hayas ganado los sesos que tanto deseas.

El Espantapájaros volvió entristecido donde sus amigos y les contó lo que había dicho Oz. A Dorotea le sorprendió descubrir que el Gran Mago de Oz no era una Cabeza, tal como ella lo había visto, sino una Hermosa Dama.

—De todas maneras —dijo el

Espantapájaros—, a ella le hace tanta falta un corazón como al Leñador de Hojalata.

A la mañana siguiente el soldado de las patillas verdes llegó donde el Leñador de Hojalata y le dijo:

—Oz me envía a buscarte. Sígueme.

El Leñador de Hojalata le siguió y llegó al gran Salón del Trono. No sabía si encontraría a Oz convertido en una Hermosa Dama o en una Cabeza, pero esperaba que fuese la Hermosa Dama. «Porque», se decía, «si es la Cabeza, seguro que no me dará un corazón, puesto que una Cabeza no tiene corazón y por consiguiente no puede sentir nada por mí. Pero si es la Hermosa Dama le rogaré encarecidamente que me dé un corazón, pues se dice que las damas tienen un corazón tierno».

Pero cuando entró en el gran Salón del Trono no vio ni la Cabeza ni a la Dama, porque Oz había adoptado la forma de una Fiera espantosa. Era casi tan grande como un elefante, y el trono verde apenas

si parecía lo bastante fuerte como para soportar su peso. La fiera tenía cabeza de rinoceronte, sólo que en su cara había cinco ojos. De su cuerpo salían cinco brazos y también tenía cinco piernas largas y delgadas. Estaba enteramente cubierta de un pelo grueso y lanoso, y sería imposible imaginar un monstruo más horripilante. Fue una suerte que el Leñador de Hojalata no tuviese corazón en ese momento, porque le habría latido rápido y con fuerza de puro terror. Pero siendo de hojalata, no se asustó en absoluto, aunque estaba muy decepcionado.

—Yo soy un Leñador, y estoy hecho de hojalata. Por consiguiente no tengo corazón, y no puedo amar. Te ruego que me des un corazón para que pueda ser como los demás hombres.

—¿Por qué habría de hacerlo? —preguntó la Fiera.

—Porque yo lo pido, y sólo tú puedes conceder mi petición —contestó el Leñador.

Oz soltó un hondo gruñido al oír esto, pero dijo, malhumorado:

—Si de verdad deseas un corazón, debes ganarlo.

—¿Cómo? —preguntó el Leñador.

—Ayuda a Dorotea a matar a la Malvada Bruja del Oeste —replicó la Fiera—. Cuando la Bruja haya muerto, ven a mí y te daré el corazón más grande, más amable y más amante de toda la Tierra de Oz.

Así pues, el Leñador de Hojalata se vio obligado a regresar apenado junto a sus amigos y a hablarles de la terrible Fiera que había visto. Todos se maravillaron muchísimo de las muchas formas que podía asumir el gran Mago, y el León dijo:

—Si es una Fiera cuando yo vaya a verlo, rugiré a más no poder, y lo asustaré de tal manera que me concederá todo lo que le pida. Y si es la hermosa Dama, fingiré que salto sobre ella, y la obligaré así a hacer mi voluntad. Y si es la gran Cabeza, estará a mi merced, porque la haré rodar por todo el salón hasta que prometa darme lo que deseo. Así que alegraos, amigos, porque todo se arreglará.

A la mañana siguiente el soldado de las barbas verdes condujo al León al gran Salón del Trono y le indicó que se presentara ante Oz.

El León cruzó la puerta, y al mirar vio, con

gran sorpresa, que ante el trono había una Bola de
Fuego, tan intenso y brillante que apenas si podía
contemplarla. Lo primero que pensó fue que Oz se
había incendiado por accidente y se estaba queman-
do, pero cuando intentó acercarse, el calor era tan
intenso que le chamuscó los bigotes, y retrocedió
tembloroso cerca de la puerta.

Luego una voz profunda y tranquila salió de
la Bola de Fuego, y pronunció estas palabras:

—Yo soy Oz, el Grande y Terrible. ¿Quién
eres y por qué me buscas?

Y el León respondió:

—Yo soy un León Cobarde, temeroso de todo.
Vine a suplicarte que me dieras valentía, para poder
ser el Rey de los Animales, como me llaman los
hombres.

—¿Por qué habría yo de darte valentía?
—preguntó Oz.

—Porque de todos
los Magos tú eres el más
grande, y el único con poder para cumplir mi deseo
—contestó el León.

La Bola de Fuego ar-
dió intensamente un rato,
y la voz dijo:

—Tráeme pruebas de
que la Malvada Bruja está
muerta, y en ese momento
te daré valentía. Pero mientras viva la Bruja seguirás
siendo un cobarde.

El León se enfureció
ante estas palabras, pero no
pudo contestar nada, y cuando contemplaba silencioso
la Bola de Fuego ésta se

puso tan espantosamente caliente, que emprendió la retirada y salió corriendo de allí. Se alegró de encontrar a sus amigos esperándolo, y les contó su terrible entrevista con el Mago.

—¿Qué haremos ahora? —preguntó Dorotea con tristeza.

—Solamente podemos hacer una cosa —replicó el León—, ir al país de los Guiñones, buscar a la Malvada Bruja, y destruirla.

—Pero, ¿y si no podemos? —dijo la niña.

—Entonces nunca tendré valentía —declaró el León.

—Y yo nunca tendré sesos —agregó el Espantapájaros.

—Y yo nunca tendré un corazón —exclamó el Leñador de Hojalata.

—Y yo nunca veré a tía Ema y tío Enrique —dijo Dorotea, empezando a llorar.

—¡Ten cuidado! —gritó la muchacha verde—. Las lágrimas caerán sobre tu vestido de seda verde y lo mancharán.

Así que Dorotea se secó los ojos y dijo:

—Supongo que debemos intentarlo, pero no quiero matar a nadie, ni siquiera por ver de nuevo a tía Ema.

—Yo iré contigo, pero soy demasiado cobarde como para matar a la Bruja —dijo el León.

—Yo iré también —declaró el Espantapájaros—, pero no te seré de mucha utilidad, siendo tan tonto como soy.

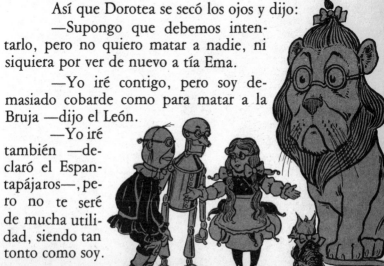

—No tengo corazón ni para herir a una Bruja —observó el Leñador de Hojalata—, pero si vas, iré contigo.

Por consiguiente decidieron emprender la marcha a la mañana siguiente, y el Leñador afiló su hacha en una piedra de amolar verde, y se hizo engrasar bien todas las articulaciones. El Espantapájaros se rellenó con paja fresca y Dorotea le puso en los ojos pintura nueva para que pudiese ver mejor. La muchacha verde, que era muy cariñosa con ellos, llenó la cesta de Dorotea con las mejores provisiones, y ató una campanilla al cuello de Toto con una cinta verde.

Se acostaron muy temprano y durmieron profundamente hasta el alba, cuando los despertó el canto de un gallo verde que vivía en el patio del palacio, y el cacareo de una gallina que había puesto un huevo verde.

12. La búsqueda de la Malvada Bruja

El soldado de las patillas verdes los guió a través de las calles de la Ciudad Esmeralda hasta que llegaron a la sala en que vivía el Guardián de las Puertas. Este funcionario les abrió la cerradura de las gafas, las volvió a poner en el gran baúl, y abrió cortésmente la puerta a nuestros amigos.

—¿Qué camino conduce hacia la Malvada Bruja del Oeste? —preguntó Dorotea.

—No hay camino —contestó el Guardián de las Puertas—. Nadie desea jamás ir en esa dirección.

—Y ¿cómo vamos a encontrarla, entonces? —inquirió la niña.

—Eso será fácil —replicó el hombre—, cuando ella sepa que estáis en el país de los Guiñones os encontrará, y os convertirá a todos en sus esclavos.

—Quizá no —dijo el Espantapájaros—, porque nos proponemos destruirla.

—Oh, eso es diferente —dijo el Guardián de las Puertas—. Nadie la ha destruido nunca antes, por eso pensé que os esclavizaría, como ha hecho con el resto. Pero tened cuidado, porque es malvada y feroz, y tal vez no se deje destruir. Seguid hacia el Oeste, donde se pone el sol, y la encontraréis.

Le dieron las gracias y se despidieron de él, y se encaminaron hacia el Oeste, caminando sobre prados de suave hierba salpicada por aquí y por allá de margaritas y botones de oro. Dorotea llevaba aún el hermoso vestido que se había puesto en el palacio,

pero vio, con sorpresa, que ya no era de color verde,
sino blanco inmaculado. La cinta que llevaba Toto
en el cuello había perdido también su color verde y
era tan blanco como el vestido de Dorotea.

Pronto quedó atrás la Ciudad Esmeralda.
Conforme avanzaban, el terreno se hacía más abrupto
y montañoso, porque no había granjas ni casas en
este país del Oeste, y el terreno estaba sin arar.

Por la tarde, el sol les quemaba las caras,
porque no había árboles que les ofrecieran sombra,
de manera que antes de anochecer Dorotea y el León
estaban cansados, y se echaron sobre el césped y se
durmieron, mientras el Leñador y el Espantapájaros
montaban guardia.

La Malvada Bruja del Oeste no tenía más que
un ojo, pero éste era tan poderoso como un teles-
copio, y podía ver por todas partes. Y sucedió que
estando sentada a la puerta de su castillo, miró por
casualidad en derredor y vio a Dorotea durmiendo
en el suelo, con todos sus amigos alrededor. Estaban muy lejos, pero a la Malvada Bruja le irritó que
estuviesen en su país, así que tocó un silbato de
plata que le colgaba del cuello.

Al instante llegó corriendo hasta ella, desde
todas las direcciones, una manada de grandes lobos.
Tenían largas patas, feroces ojos y afilados dientes.

—Atacad a esa gente —dijo la Bruja—, y
hacedles pedazos.

—¿No los vas a convertir en esclavos? —preguntó el jefe de los lobos.

—No —contestó—, uno es de hojalata, y otro
de paja; otro es una niña, y el otro un León. Ninguno de ellos sirve para trabajar, así que podéis hacerlos picadillo.

—Muy bien —dijo el lobo, y se lanzó a correr
a toda velocidad, seguido por los demás.

Por suerte el Espantapájaros y el Leñador

estaban completamente despiertos y oyeron venir a los lobos.

—Esta pelea es mía —dijo el Leñador—, así que ponéos detrás de mí, y yo los recibiré conforme lleguen.

Tomó su hacha, que había dejado muy afilada, y al acercarse el jefe de los lobos, el Leñador de Hojalata le dio un hachazo y le cortó la cabeza, matándolo en el acto. Tan pronto como pudo alzar el brazo llegó otro lobo, y también cayó bajo el cortante filo del arma del Leñador de Hojalata. Cuarenta lobos había, y cuarenta veces murió un lobo, de modo que al final yacían todos en un montón delante del Leñador.

Entonces dejó el hacha y se sentó junto al Espantapájaros, que dijo:

—¡Fue una buena pelea, amigo!

Esperaron a que Dorotea despertase a la mañana siguiente. La niña se asustó bastante cuando vio el gran montón de lobos peludos, pero el Leñador de Hojalata se lo contó todo. Ella le agradeció que

los hubiera salvado y se sentaron a desayunar, reemprendiendo después su viaje.

Pero, esa misma mañana, la Malvada Bruja llegó a la puerta de su castillo y escrutó con su único ojo, que tan lejos podía ver. Vio todos sus lobos tendidos, muertos, y a los forasteros que seguían atravesando su país. Esto la puso más furiosa aún, y tocó dos veces su silbato.

Rápidamente acudió volando una gran bandada de cuervos salvajes, que oscurecía el cielo.

Y la Malvada Bruja dijo al Rey Cuervo:

—Ve volando al instante hasta los forasteros; picotéales los ojos y hazlos pedazos.

Los cuervos salvajes volaron en una gran bandada hacia Dorotea y sus compañeros. Cuando la niña los vio venir se atemorizó.

Pero el Espantapájaros dijo:

—Esta batalla es mía, así que tendeos a mi lado y no sufriréis daño.

Todos se tendieron excepto el Espantapájaros, que se irguió y estiró los brazos. Y cuando los cuervos lo vieron se asustaron como siempre les pasa con los espantapájaros, y no se atrevieron a acercarse más. Pero el Rey Cuervo dijo:

—Es sólo un hombre de paja. Le picotearé los ojos.

El Rey Cuervo se echó sobre el Espantapájaros, que lo agarró por la cabeza y le retorció el pescuezo hasta matarlo, y entonces otro cuervo voló hacia él, y el Espantapájaros le retorció asimismo el pescuezo. Cuarenta cuervos había, y cuarenta veces el Espantapájaros retorció los pescuezos, hasta que al final yacían todos muertos junto a él. Entonces llamó a sus compañeros para que se levantaran, y otra vez reanudaron su viaje.

Cuando la Malvada Bruja miró de nuevo y vio a todos sus cuervos tendidos en un montón, le dio

una rabia espantosa, y sopló tres veces su silbato de plata.

En el acto se escuchó un gran zumbido en el aire y un enjambre de negras abejas vino volando hacia ella.

—Id a los forasteros y picadles hasta que mueran —ordenó la Bruja, y las abejas dieron la vuelta y volaron rápidamente hacia Dorotea y sus amigos. Pero el Leñador las había visto venir y el Espantapájaros había decidido lo que harían.

—Sácame la paja y espárcela sobre la niña, el perro y el León —dijo al Leñador—, y las abejas no podrán picarlos —así lo hizo el Leñador y como Dorotea estaba acurrucada junto al León y tenía en brazos a Toto, la paja los cubrió enteramente.

Llegaron las abejas y no encontraron a quién picar, salvo al leñador, así es que volaron contra él y se quebraron los aguijones contra la hojalata, sin hacerle ningún año. Y como las abejas no pueden vi-

vir cuando se les rompe el aguijón, ése fue el final de las abejas negras, y quedaron esparcidas en una gruesa capa en torno al Leñador, como montoncitos de fino carbón.

Entonces Dorotea y el León se levantaron, y la niña ayudó al Leñador de Hojalata a reponer la paja dentro del Espantapájaros, hasta que quedó como nuevo. Y así, una vez más, reemprendieron su travesía.

Cuando vio a sus abejas negras formando montoncitos como carbón fino la Malvada Bruja se puso tan furiosa, que pateaba el suelo, se tiraba del pelo y rechinaba los dientes. Y entonces llamó a una docena de sus esclavos, que eran los Guiñones, y les dio lanzas afiladas, diciéndoles que fuesen a los forasteros y los destrozaran.

Los Guiñones no eran una gente valiente, pero tenían que hacer lo que se les ordenaba, de modo que marcharon hasta estar cerca de Dorotea. Entonces el León soltó un fuerte rugido y saltó hacia ellos, y los pobres Guiñones se asustaron tanto que huyeron corriendo a más no poder.

Cuando volvieron al castillo, la Malvada Bruja los azotó duro con una correa, y los envió de vuelta a su trabajo, después se sentó a pensar lo que haría. No podía enten-

der cómo todos sus planes para destruir a esos forasteros habían fracasado, pero era una Bruja poderosa, además de malvada, y pronto decidió cómo actuar.

Había, en su alacena, un Gorro de Oro, que
llevaba un círculo de diamantes y rubíes. Este Gorro
de Oro tenía un encantamiento. Quien lo poseyera
podía convocar tres veces a los Monos Alados, los
cuales obedecerían cualquier orden que se les diese.
Pero nadie podía mandar a estas extrañas criaturas
más de tres veces. La Malvada Bruja había usado ya
dos veces el encantamiento del Gorro. Una había
sido al convertir en esclavos a los Guiñones, hacién-
dose gobernante del país de éstos. Los Monos Alados
la habían ayudado a hacerlo. La segunda vez había
sido al luchar contra el mismísimo Gran Oz, echán-
dolo de la tierra del Oeste. Los Monos Alados también
la habían ayudado en esa ocasión. Sólo una vez más
podía usar el Gorro de Oro, por eso no le gustaba
hacerlo hasta haber agotado sus demás poderes. Pero
ahora que sus lobos feroces, y sus cuervos salvajes y
sus abejas punzantes habían desaparecido, y que el
León Cobarde había obligado a huir a sus esclavos,
vio que sólo le quedaba una manera de destruir a
Dorotea y sus amigos.

Así que la Malvada Bruja tomó el Gorro de Oro de su alacena y se lo puso en la cabeza. Luego se sostuvo sobre el pie izquierdo y dijo lentamente:

—¡Ep-pe, pe-pe, ca-que!

Luego se sostuvo sobre el pie derecho y dijo:

—¡I-la, U-la, O-la!

Tras esto se plantó sobre ambos pies y gritó con fuerza:

—¡Me-che, Mo-cho, Mi-chi!

Entonces empezó a funcionar el sortilegio. El cielo se oscureció y en el aire se escuchó un sordo rumor. Era el batir de muchas alas, una gran algazara y muchas risas, y el sol se asomó en el negro cielo para mostrar a la Malvada Bruja rodeada de una turba de monos; todos tenían un par de inmensas y poderosas alas en la espalda.

Uno, mucho más grande que los demás, parecía ser su jefe. Voló junto a la Bruja y dijo:

—Nos has llamado por tercera y última vez. ¿Qué ordenas?

—Atacad a los forasteros que están dentro de mi tierra y destruidlos a todos, excepto al León —dijo la Malvada Bruja—. Traedme esa fiera, porque tengo idea de enjaezarla como un caballo y hacerlo trabajar.

—Tus órdenes serán obedecidas —dijo el jefe. Y entonces, con mucha algazara y ruido los Monos Alados se fueron volando hacia donde estaban Dorotea y sus amigos.

Unos agarraron al Leñador de Hojalata y lo llevaron por el aire hasta una zona enteramente cubierta de agudas rocas. Allí soltaron al pobre Leñador, que cayó desde gran altura sobre las peñas, y quedó tan roto y abollado que no podía moverse ni quejarse.

Otros cogieron al Espantapájaros, y con sus largos dedos le sacaron toda la paja de sus ropas y de su cabeza. Con su sombrero, sus botas y su ropa hicieron un atadijo que arrojaron a la copa de un árbol altísimo.

Los demás Monos echaron unas fuertes cuerdas al León, y dieron muchas vueltas alrededor de su cuerpo, cabeza y patas, hasta que no pudo morder, arañar o luchar de ningún modo. Luego lo levantaron

por los aires y volaron con él hasta el castillo de la
Bruja; allí le dejaron en un pequeño patio rodeado
de una alta reja, para que no pudiese escapar.

Pero a Dorotea no le hicieron ningún daño.
Estaba de pie, con Toto en brazos, contemplando

«Los demás Monos echaron unas fuertes cuerdas
al León, y dieron muchas vueltas alrededor de su cuerpo».

la triste suerte de sus camaradas y pensando que pronto sería su turno. El jefe de los Monos Alados voló hacia ella, con sus largos y peludos brazos estirados haciendo horribles muecas con su cara feísima, pero vio la marca del beso de la Bruja del Norte sobre su frente y se detuvo al instante, indicando a los demás que no la tocaran.

—No osemos tocar a esta muchachita —les dijo—, pues está protegida por el Poder del Bien, y ése es mayor que el Poder del Mal. Todo lo que podemos hacer es llevarla hasta el castillo de la Malvada Bruja y dejarla allí.

Así que, con cuidado y delicadeza, tomaron a Dorotea en brazos y la llevaron velozmente por el aire hasta llegar al castillo, en donde la pusieron en el umbral de la puerta principal. Entonces el Mono jefe dijo a la Bruja:

—Te hemos obedecido hasta donde podíamos. El Leñador de Hojalata y el Espantapájaros están destruidos, y el León está atado en tu patio. A la niña no osamos hacerle daño, ni al perro que lleva en brazos. Tu poder sobre nuestra banda ha terminado ahora y nunca volverás a vernos.

Entonces todos los Monos Alados, con mucha risa, algazara y ruido, echaron a volar y pronto se perdieron de vista.

La Malvada Bruja se sorprendió y se conturbó al ver la marca en la frente de Dorotea, porque sabía muy bien que ni los Monos Alados ni ella misma, osarían hacer ningún daño a la niña. Miró hacia los pies de Dorotea, y al ver los Zapatos de Plata, empezó a temblar de miedo, porque sabía que un poderoso hechizo estaba unido a ellos. Al principio, la Malvada Bruja estuvo tentada de huir de Dorotea a todo correr, pero miró los ojos de la chiquilla y percibió la sencillez de su alma, y que la niñita no estaba enterada del maravilloso poder que le daban los zapatos de plata. Así que la Malvada Bruja rio para sí, y pensó:

—Aún puedo convertirla en mi esclava, porque ella no sabe cómo usar su poder.

Entonces dijo a Dorotea, con aspereza y severidad:

—Ven conmigo, y procura hacer todo lo que diga, porque si no acabaré contigo, como lo hice con el Leñador de Hojalata y el Espantapájaros.

Dorotea la siguió a través de las hermosas habitaciones del castillo hasta que llegaron a la cocina, en donde la Bruja le ordenó limpiar las ollas y sartenes y barrer el piso y mantener el fuego con leña.

Dorotea se puso a trabajar humildemente, decidida a hacerlo con el mayor esmero posible, contenta de que la Malvada Bruja hubiera decidido no matarla.

Mientras Dorotea trabajaba afanosamente, la Bruja pensó ir al patio y enjaezar al León Cobarde como si fuese un caballo. Le divertiría pasearse en una carroza tirada por un león. Pero cuando abrió la puerta el León rugió salvajemente y saltó hacia ella con tal ferocidad, que la Bruja tuvo miedo, y volvió a cerrar la puerta.

—Si no puedo enjaezarte —dijo al León, hablándole a través de las rejas de la puerta—, puedo matarte de hambre. No comerás hasta que hagas lo que quiero.

Y así, después de eso, no llevó ningún alimento al León prisionero; pero todos los días se acercaba a la puerta a mediodía y preguntaba:

—¿Estás dispuesto a ser enjaezado como un caballo?

Y el León respondía:

—No. Si entras en este patio te morderé.

Pero el León no necesitaba obedecer a la Bruja para comer, porque todas las noches, mientras ésta

dormía, Dorotea le llevaba alimento que sacaba de
la alacena. Después de comer, se echaba sobre su
lecho de paja, y Dorotea se tendía a su lado y ponía
la cabeza sobre su suave y desordenada melena mientras ambos hablaban de sus infortunios y trataban
de idear algún modo de salir del castillo, que estaba
guardado día y noche por los amarillos Guiñones, que
eran los esclavos de la Malvada Bruja y le tenían demasiado miedo como para desobedecerla.

La niña debía trabajar arduamente durante el
día, y a menudo la Bruja la amenazaba con el viejo
paraguas que siempre llevaba en la mano. Pero, la
verdad es que no se atrevía a golpear a Dorotea, por
la señal de su frente. La niña no lo sabía, y temía
mucho por sí misma y por Toto. En cierta ocasión
la Bruja dio a Toto un golpe con el paraguas y el valiente perrito se abalanzó sobre ella y la mordió en
una pierna, en venganza. La mordedura de la Bruja

no sangró, porque era tan malvada que la sangre se le había secado hacía ya muchos años.

Dorotea se entristeció mucho más cuando comprendió que sería más difícil que nunca regresar a Kansas, con tía Ema y tío Enrique. A veces lloraba amargamente horas enteras, mientras Toto se echaba a sus pies y la miraba gimiendo lúgubremente para demostrar cuánta pena sentía por su ama. A Toto, en verdad, le daba lo mismo estar en Kansas o en la tierra de Oz mientras que Dorotea estuviera con él, pero sabía que la niña estaba triste y eso le entristecía a él también.

Ahora bien, la Malvada Bruja anhelaba enormemente tener los zapatos de plata que la muchachita llevaba siempre puestos. Sus abejas y sus cuervos y sus lobos estaban apilados en montones y secándose, y había agotado todo el poder del Gorro de Oro, pero si pudiera apoderarse de los zapatos de plata, éstos le darían más poder que todo el que había perdido. Observaba a Dorotea cuidadosamente, para ver si alguna vez se quitaba los zapatos, pensando que podía robárselos. Pero la niña estaba tan orgullosa de sus preciosos zapatos que nunca se los quitaba, excepto por la noche y cuando se bañaba. A la Bruja le daba miedo la oscuridad y no se atrevía a entrar de noche en el cuarto de Dorotea para coger los zapatos, y su miedo al agua era aún mayor que su miedo a la oscuridad, así es que nunca se acercaba cuando Dorotea se estaba bañando. De hecho, la vieja Bruja no tocaba nunca el agua, ni jamás dejaba que el agua la tocara.

Pero la malvada mujer era muy astuta, y finalmente ideó una treta para conseguir lo que quería. Colocó una barra de hierro en medio del suelo de la cocina, y luego, por arte de magia, hizo que la barra fuese invisible a los ojos humanos. Así que cuando Dorotea atravesó la cocina, tropezó con la barra y

cayó cuan larga era. No se hizo mucho daño, pero
en la caída se le cayó uno de los zapatos de plata, y
antes de que pudiese alcanzarlo la Bruja lo había
cogido y se lo había puesto en su huesudo pie.

La malvada mujer estaba muy complacida con
el éxito de su treta, porque mientras ella tuviera uno
de los zapatos poseería la mitad de su encantamiento,
y Dorotea no podía usarlo contra ella, ni aún si hubiera sabido cómo hacerlo.

La niña, al ver que había perdido uno de sus
bonitos zapatos, se enfadó y dijo a la Bruja:

—¡Devuélveme mi zapato!

—No quiero —replicó la Bruja—, porque
ahora es mío y no tuyo.

—¡Eres una malvada! —gritó Dorotea—. No
tienes derecho a quitarme mi zapato.

—Me quedaré con él, de todos modos —dijo
la Bruja riéndose—, y algún día, te quitaré el otro.

Esto enfureció a Dorotea de tal modo, que
tomó el balde de agua que estaba cerca y lo lanzó
sobre la Bruja, mojándola de los pies a la cabeza.

Instantáneamente, la malvada mujer dio un
gran grito de espanto y entonces, mientras Dorotea

la contemplaba con asombro, la Bruja empezó a encoger y marchitarse.

—¡Mira lo que has hecho! —aulló—. En un minuto me habré derretido.

—Lo siento mucho, de veras —dijo Dorotea, que en realidad se asustó al ver a la Bruja derritiéndose efectivamente ante sus ojos como si fuera azúcar morena.

—¿No sabías que el agua acabaría conmigo? —preguntó la Bruja, con voz desesperada y dolorida.

—Por supuesto que no —respondió Dorotea—. ¿Cómo podía saberlo?

—Bueno, dentro de unos minutos me habré derretido del todo, y tendrás el castillo para ti. He sido malvada en mi época, pero nunca pensé que una niñita como tú sería capaz de derretirme y acabar con mis malvadas acciones. ¡Mira, me voy!

Con estas palabras la Bruja se desplomó en una masa pardusca, derretida, informe y empezó a extenderse por las limpias tablas de la cocina. Viendo que realmente se había derretido hasta desaparecer, Dorotea llenó otro balde de agua y lo echó sobre esa suciedad. Luego barrió todo fuera de la puerta. Después de recoger el zapato de plata, que era todo lo que quedaba de la vieja, lo limpió y lo secó con un paño, y volvió a calzárselo. Luego, libre al fin para hacer lo que le diera la gana, corrió hasta el patio a decir al León que ya no existía la Malvada Bruja del Oeste y que ya no eran prisioneros en tierra extranjera.

13. El rescate

«...y trabajaron durante tres días con sus noches, martillando y golpeando las piernas y el tronco y la cabeza del Leñador de Hojalata...».

Al León Cobarde le encantó saber que a la Malvada Bruja la había derretido un balde de agua, y Dorotea abrió la puerta de su prisión y le puso en libertad. Fueron al castillo donde Dorotea convocó a todos los Guiñones y les comunicó que ya no eran esclavos.

Hubo un gran regocijo entre los amarillos Guiñones, porque habían sido obligados a trabajar intensamente y durante muchos años para la Malvada Bruja, que siempre les trató con gran crueldad. Tanta era su alegría que pasaron el día bailando y cantando y decidieron celebrarlo todos los años.

—Si nuestros amigos el Espantapájaros y el Leñador estuvieran con nosotros —dijo el León—, yo sería muy feliz.

—¿No crees que podríamos rescatarlos? —preguntó ansiosamente la niña.

—Podemos intentarlo —respondió el León.

Así pues, llamaron a los amarillos Guiñones y les preguntaron si los ayudarían a rescatar a sus amigos y los Guiñones dijeron que harían encantados lo que pudiesen por Dorotea, que los había librado de la esclavitud. De modo que ella eligió unos cuantos Guiñones que parecían más despiertos y todos se pusieron en marcha. Viajaron ese día y parte del siguiente hasta que llegaron a la rocosa llanura en donde yacía el Leñador de Hojalata, todo estropeado y torcido. Su hacha estaba a su lado, pero la hoja estaba enmohecida y sólo quedaba un trozo de mango.

Los Guiñones lo tomaron tiernamente en brazos y volvieron con él al Castillo Amarillo, mientras a Dorotea se le saltaban las lágrimas pensando en el triste destino de su viejo amigo, y al León se le veía serio y triste. Cuando llegaron al Castillo, Dorotea dijo a los Guiñones:

—¿Hay algún hojalatero entre vosotros?

—Oh, sí. Tenemos algunos hojalateros buenísimos —le respondieron.

—Entonces traédmelos —dijo ella. Y cuando llegaron los hojalateros, trayendo todas sus herramientas en canastos, les preguntó—: ¿Podéis enderezar esas abolladuras del Leñador de Hojalata, y devolverle su forma, y soldarlo allí donde está roto?

Los hojalateros revisaron cuidadosamente al Leñador y contestaron que creían poder arreglarlo hasta dejarlo como nuevo. Y así se pusieron a trabajar en uno de los grandes salones amarillos, y trabajaron durante tres días con sus noches, martillando y golpeando las piernas y el tronco y la cabeza del Leñador de Hojalata hasta que finalmente recuperó su forma original, y hasta que sus articulaciones funcionaron tan bien como el primer día. Llevaba encima, por cierto, varios remiendos, pero los hojalateros hicie-

ron un buen trabajo, y como el Leñador no era un hombre vanidoso los parches no le importaban en absoluto.

Cuando por fin entró caminando al cuarto de Dorotea y le agradeció que lo hubiese rescatado, estaba tan contento que lloró lágrimas de alegría, y Dorotea tuvo que enjugar cuidadosamente cada lágrima de su rostro, para que no se le oxidaran las articulaciones. También ella lloraba a moco tendido de alegría al verse otra vez con su viejo amigo, y no fue preciso enjugar estas lágrimas. En cuanto al León, se secaba los ojos tan a menudo con la punta de su rabo, que se le empapó, y se vio obligado a salir al patio y dejarla al sol hasta que se le secara.

—Si pudiéramos volver a tener al Espantapájaros con nosotros —dijo el Leñador de Hojalata cuando Dorotea hubo terminado de contarle todo lo ocurrido—, yo estaría muy contento.

—Debemos tratar de encontrarlo —dijo la niña.

Así pues, pidió a los Guiñones que la ayudaran y caminaron todo ese día y parte del siguiente hasta llegar al elevado árbol en cuyas ramas habían arrojado los Monos Alados las ropas del Espantapájaros.

Era un árbol altísimo, y el tronco era tan liso que nadie podía trepar, pero el Leñador dijo al instante:

—Yo lo echaré abajo, y entonces podremos encontrar las ropas del Espantapájaros.

Ahora bien, mientras los hojalateros habían estado trabajando para remendar al Leñador, otro de los Guiñones, que era orfebre, había hecho un mango de hacha de oro macizo, y lo había encajado en el hacha del Leñador, en vez del viejo mango quebrado. Otros pulieron la hoja hasta que salió toda la herrumbre y brillaba como plata bruñida.

No bien había terminado de hablar, el Leñador

comenzó a cortar, y pronto el árbol cayó con estrépito, y las ropas del Espantapájaros cayeron de las
ramas y rodaron por el suelo.

Dorotea las recogió e hizo que los Guiñones
las llevaran al castillo, en donde las rellenaron con
paja fresca y limpia y he aquí que allí estaba el
Espantapájaros, como nuevo, agradeciéndoles una y
otra vez el haberlo salvado.

Ahora que estaban todos reunidos, Dorotea y
sus amigos pasaron unos días felices en el Castillo
Amarillo en donde hallaron todo lo necesario para
estar a gusto.

Pero un día la niña pensó en tía Ema y dijo:

—Debemos volver a ver a Oz y exigirle que
cumpla lo prometido.

—Sí —dijo el Leñador—, por fin obtendré
mi corazón.

—Y yo mis sesos —agregó contentísimo el Espantapájaros.

—Y yo mi valentía —dijo pensativo el León.

—Y yo regresaré a Kansas —gritó Dorotea, palmoteando—. ¡Oh!, ¡pongámonos mañana mismo en camino hacia la Ciudad Esmeralda!

Y así lo decidieron. Al día siguiente convocaron a todos los Guiñones y se despidieron de ellos. A los Guiñones les entristecía dejarlos partir, y se habían encariñado tanto con el Leñador de Hojalata que le suplicaron que se quedase y los gobernase y reinase sobre la Amarilla Tierra del Oeste. Viendo que estaban decididos a irse, los Guiñones dieron al León y a Toto un collar de oro a cada uno, y a Dorotea le regalaron una hermosa pulsera tachonada de diamantes, y al Espantapájaros le entregaron un bastón con puño de oro, para librarlo de tropezar y caerse; y al Leñador de Hojalata le ofrecieron una aceitera de plata, con incrustaciones de oro y preciosas joyas engastadas.

Cada uno de los viajeros dio a cambio a los Guiñones un hermoso discurso, y todos les dieron la mano hasta dolerles los brazos.

Dorotea fue a la alacena de la Bruja para llenar su cesta de comida para el viaje, y allí vio el Gorro de Oro. Se lo probó y descubrió que se ajustaba perfectamente a su cabeza. No sabía nada acerca del encantamiento del Gorro de Oro, pero lo encontró bonito, así que decidió usarlo y llevar su sombrero en la cesta.

Cuando estuvieron listos se pusieron en marcha hacia la Ciudad Esmeralda, y los Guiñones les gritaron ¡viva! y les desearon toda suerte de felicidad.

14. Los Monos Alados

«...los Monos tomaron a Dorotea en sus brazos y se fueron volando con ella».

Recordaréis que no había camino —ni siquiera un sendero— entre el castillo de la Malvada Bruja y la Ciudad Esmeralda. Cuando los cuatro viajeros iban en busca de la Bruja, ella los había visto venir, enviando a los Monos Alados para que se los trajesen. Les fue mucho más difícil hallar el camino a través de los grandes campos de botones de oro y margaritas que ser llevados por el aire. Sabían, por supuesto, que debían ir derecho hacia el oeste, hacia el sol naciente, y partieron en la dirección correcta. Pero a medio día, cuando el sol estaba sobre sus cabezas, no sabían dónde estaba el este y dónde el oeste, y por ese motivo se perdieron en medio de las extensas praderas. Pero siguieron caminando y por la noche salió la luna y los alumbró con su claridad. Se tendieron en medio de las flores de suave perfume y durmieron a pierna suelta hasta la mañana —todos menos el Espantapájaros y el Leñador de Hojalata.

A la mañana siguiente el sol se ocultaba tras una nube, pero echaron a andar, como si estuviesen muy seguros del camino que seguían.

—Si caminamos la distancia suficiente —dijo Dorotea—, llegaremos a alguna parte, estoy segura.

Pero pasaba un día tras otro, y seguían sin ver nada ante sí, excepto las praderas. El Espantapájaros empezó a refunfuñar un poco.

—Con seguridad —dijo—, nos hemos perdido y a menos que encontremos el camino a tiempo para llegar a la Ciudad Esmeralda nunca conseguiré mis sesos.

—Ni yo mi corazón —declaró el Leñador de Hojalata—. Estoy impaciente por llegar ante Oz, y tenéis que reconocer que éste es un viaje larguísimo.

—Veréis —dijo el León Cobarde, con un gemido— yo no tengo valor para seguir vagabundeando indefinidamente sin llegar a ninguna parte.

Entonces Dorotea se desanimó. Se sentó sobre la hierba y miró a sus compañeros, y éstos se sentaron y la miraron, y Toto descubrió que por primera vez en su vida estaba demasiado cansado como para perseguir una mariposa que pasó volando sobre su cabeza. Sacó la lengua y jadeó y miró a Dorotea como para preguntar qué hacían a continuación.

—¿Y si llamáramos a los ratones campestres? —sugirió la niña—. Ellos probablemente podrían señalarnos el camino hacia la Ciudad Esmeralda.

—Cierto que podrían —exclamó el Espantapájaros—. ¿Cómo no se nos ocurrió antes?

Dorotea tocó el pequeño silbato que siempre llevaba al cuello desde que la Reina de los ratones se lo había dado. Al cabo de unos minutos escucharon el galope de unas patitas, y muchos ratoncitos grises llegaron corriendo hasta Dorotea. Entre ellos estaba la propia Reina, que preguntó, con su vocecilla chillona:

—¿Qué puedo hacer por mis amigos?

—Nos hemos perdido —dijo Dorotea—. ¿Puedes decirnos dónde está Ciudad Esmeralda?

—Por supuesto —respondió la Reina—, pero está muy lejos porque la habéis tenido a vuestras espaldas todo este tiempo —luego advirtió que Dorotea llevaba el Gorro de Oro, y dijo:

—¿Por qué no usas el sortilegio del Gorro, y llamas a los Monos Alados? Ellos te llevarán a la Ciudad de Oz en menos de una hora.

—No sabía que tuviera un sortilegio —contestó Dorotea, con sorpresa—. ¿Cuál es?

—Está escrito dentro del Gorro de Oro —replicó la Reina de los ratones—. Pero si vas a llamar a los Monos Alados debemos huir lejos, porque son muy traviesos y les divierte fastidiarnos.

—¿No me harán daño? —preguntó preocupada la niña.

—Oh, no. Deben obedecer al portador del Gorro. ¡Adiós! —y desapareció en un santiamén, y tras ella corrieron todos los ratones.

Dorotea miró el interior del Gorro de Oro y vio unas palabras escritas sobre el gorro. «Esto, pensó, debe ser el encantamiento». Así que leyó cuidadosamente las instrucciones y se puso el Gorro en la cabeza.

—¡Ep-pe, pe-pe, ca-que! —dijo, sosteniéndose en el pie izquierdo.

—¿Qué dijiste? —preguntó el Espantapájaros, que no sabía qué estaba haciendo.

—¡I-la, u-la, o-la! —continuó Dorotea, sosteniéndose esta vez en el pie derecho.

—Hola —replicó tranquilamente el Leñador de Hojalata.

—¡Me-che, mo-cho, mi-chi! —dijo Dorotea, que ahora se apoyaba en ambos pies. Con esto se terminaba el ensalmo, y escucharon una gran algazara y batir de alas, conforme la banda de Monos Alados se acercaba volando. Al llegar, el Rey de los Monos hizo una gran reverencia a Dorotea y preguntó:

—¿Qué ordenas?

—Deseamos ir a la Ciudad Esmeralda —dijo la niña—. Y nos hemos perdido.

—Os llevaremos —replicó el Rey, y apenas había hablado cuando los Monos tomaron a Dorotea en sus brazos y se fueron volando con ella. Otros tomaron al Espantapájaros, y al León, y al Leñador de Hojalata, y un mono pequeño agarró a Toto y voló tras ellos, aunque el perro hacía lo posible por morderlo.

El Espantapájaros y el Leñador de Hojalata se asustaron mucho al principio, pues recordaban lo mal que los habían tratado antes los Monos Alados. Pero vieron que no tenían malas intenciones, así es que viajaron por el aire muy contentos, y disfrutaron viendo los bonitos jardines y bosques que se extendían allá abajo.

Dorotea se encontró viajando con toda soltura entre dos de los Monos más grandes, uno de los cuales era el propio Rey. Habían hecho una silla de manos y tenían cuidado de no hacerle daño.

—¿Por qué tenéis que obedecer al encantamiento del Gorro de Oro? —preguntó.

—Es una larga historia —respondió el Rey, soltando una carcajada—, pero como tenemos un largo viaje por delante te la relataré si lo deseas.

—La escucharé con mucho gusto —replicó Dorotea.

—En otro tiempo —comenzó el jefe—, éramos un pueblo libre, que vivía feliz en la gran selva, volando de árbol en árbol, comiendo nueces y frutas, y haciendo lo que nos daba la gana, sin obedecer a ningún amo. Quizás algunos de nosotros éramos demasiado traviesos a veces, descendíamos volando a tirar del rabo a los animales sin alas, perseguíamos pájaros, y lanzábamos nueces a la gente que caminaba por la selva. Pero éramos atolondrados y felices y divertidos, y disfrutábamos cada minuto del día. De esto hace ya muchos años, mucho antes de que Oz cayera de las nubes para gobernar este país.

»Vivía aquí entonces, lejos allá en el Norte, una hermosa princesa, que era también una poderosa hechicera. Usaba toda su magia para ayudar a la gente y nunca se supo que hiciera daño a alguien bueno. Su nombre era Alegrita, y vivía en un precioso palacio hecho de grandes bloques de rubí. Todos la querían, pero su gran tristeza era no poder encontrar a nadie a quien amar, pues todos los hombres eran demasiado feos y estúpidos como para formar pareja con una criatura tan hermosa y tan sabia.

Pero, finalmente, halló un muchacho que era hermoso y varonil y más sabio de lo que podía esperarse para su edad. Alegrita decidió que cuando él llegara a ser un hombre, lo tomaría por esposo, y lo llevó a su palacio de rubí. Usó todos sus poderes mágicos para hacerlo tan fuerte y bueno y hermoso como cualquier mujer pudiera desear. Cuando llegó a la edad viril, dicen que Quelala, que así se llamaba, era el hombre mejor y más sabio de todo el país, y su hermosura varonil era tan grande que Alegrita lo amó tiernamente y se apresuró a disponer todo para la boda.

»Mi abuelo era en aquel entonces Rey de los Monos Alados que vivían en la selva cercana al palacio de Alegrita, y al viejo le gustaba más una broma que una cena. Un día, justo antes de la boda, mi abuelo iba volando con su banda cuando vio a Quelala caminando junto al río. Iba vestido con un rico traje de seda rosada y terciopelo púrpura, y mi abuelo pensó qué podía hacer. A una orden suya la banda bajó volando y agarró a Quelala, llevándolo en brazos hasta el centro del río, y allí lo dejaron caer al agua.

»Sal nadando, bonito —gritó mi abuelo—, y mira si el agua te ha manchado la ropa. Quelala era demasiado sabio como para no nadar, y su buena suerte no lo había echado a perder. Echó a reír, cuando salió a la superficie, y nadó hasta la orilla. Cuando Alegrita vino corriendo a su encuentro, halló sus sedas y terciopelos arruinados por el agua.

»La princesa se puso furiosa, y sabía, naturalmente, quién era el culpable. Hizo que le llevaran
todos los Monos Alados, y al principio dijo que deberían atarles las alas y dejarlos caer al río como
habían hecho con Quelala. Pero mi abuelo suplicó
largamente, porque sabía que los Monos se ahogarían
en el río con las alas atadas, y Quelala habló también
en favor de ellos, de modo que Alegrita finalmente
los perdonó, con la condición de que los Monos
Alados en lo sucesivo deberían obedecer siempre por
tres veces al poseedor del Gorro de Oro. Este Gorro
había sido confeccionado como regalo de bodas para
Quelala, y se dice que había costado a la princesa
la mitad de su reino. Por supuesto que mi abuelo
y todos los demás Monos se avinieron de inmediato
a esa condición, y así fue como pasamos a ser por
tres veces esclavos del dueño del Gorro de Oro, sea
quien fuere.»

—¿Y qué pasó con ellos? —preguntó Dorotea,
que se había interesado mucho en el relato.

—Siendo Quelala el primer poseedor del Gorro
—replicó el Mono—, fue el primero en imponernos
sus deseos. Como su novia no soportaba ni vernos,
nos convocó a todos en la selva después de casarse
con ella, y nos ordenó quedarnos siempre en donde
Alegrita no pudiera vernos, porque todos la temíamos.

»Esto fue todo lo que tuvimos que hacer hasta
que el Gorro de Oro cayó en manos de la Malvada
Bruja del Oeste, que nos hizo esclavizar a los Guiñones, y después echar al propio Oz de la Tierra del
Oeste. Ahora el Gorro de Oro es tuyo, y por tres
veces tienes derecho a imponernos tus deseos.»

Mientras el Rey Mono terminaba su narración,
Dorotea miró hacia abajo y vio las murallas verdes y
brillantes de la Ciudad Esmeralda que se extendía
ante ellos. Se maravilló de la rapidez con que vola-
ban los Monos, pero se alegró de haber terminado

el viaje. Las extrañas criaturas depositaron cuidadosamente a los viajeros ante la puerta de la Ciudad, el Rey se alejó volando velozmente, seguido por su banda.

—Fue un vuelo estupendo —dijo la niña.

—Sí, y una manera rápida de resolver nuestros problemas —replicó el León—. ¡Qué suerte que trajeras ese Gorro maravilloso!

15. El descubrimiento de Oz, el Terrible

«—¡Exactamente!— declaró el hombrecillo frotándose las manos como si eso le agradara—. Soy un farsante».

Los cuatro viajeros caminaron hasta la gran puerta de la Ciudad Esmeralda y tocaron el timbre. Después de tocar varias veces, la abrió el mismo Guardián de las Puertas que habían encontrado la otra vez.

—¡Qué! ¿Estáis de vuelta? —preguntó sorprendido.

—¿No nos estás viendo? —respondió el Espantapájaros.

—Pero pensé que habíais ido a visitar a la Malvada Bruja del Oeste.

—Y la visitamos —dijo el Espantapájaros.

—¿Y os dejó salir? —preguntó el hombre, asombrado.

—No lo pudo evitar, porque está derretida —explicó el Espantapájaros.

—¡Derretida! Bueno, ésas sí que son buenas noticias —dijo el hombre—. ¿Quién la derritió?

—Dorotea —dijo gravemente el León.

—¡Santo Dios! —exclamó el hombre, haciendo una profunda reverencia ante ella.

Luego los condujo a su salita y les sujetó con llave las gafas que sacó del gran baúl, tal como lo había hecho antes. Después entraron en la Ciudad Esmeralda, y cuando la gente supo por el Guardián de las Puertas que habían derretido a la Malvada Bruja del Oeste, se reunieron todos en torno a los viajeros y los siguió una gran multitud hasta el Palacio de Oz.

El soldado de las patillas verdes estaba aún de guardia ante la puerta, pero los dejó entrar al instante y nuevamente los recibió la hermosa muchachita verde, que al instante les mostró sus antiguas habitaciones, para que pudiesen descansar hasta que el Gran Oz estuviese dispuesto a recibirlos.

El soldado había llevado sin tardanza a Oz la noticia de que Dorotea y los demás viajeros habían regresado, después de destruir a la Malvada Bruja, pero Oz no hizo ningún comentario. Ellos creían que el Gran Mago enviaría a buscarlos al instante, pero no sucedió así. No oyeron hablar de él al día siguiente, ni al otro, ni al otro. La espera era fatigosa y aburrida, y les fastidiaba que Oz les tratara tan mal, después de haberles enviado a sufrir tantas penalidades. Finalmente el Espantapájaros pidió a la muchacha verde que llevara otro mensaje a Oz, diciendo que si no les permitía verlo en seguida, llamarían a los Monos Alados para que les ayudasen, y descubrir así si cumplía o no sus promesas.

Cuando el Mago recibió este mensaje se aterró tanto que mandó decirles que acudiesen al Salón del Trono a las nueve y cuatro minutos de la mañana siguiente. Ya se había topado una vez con los Monos Alados en la Tierra del Oeste, y no deseaba encontrarse con ellos nuevamente.

Los cuatro viajeros pasaron la noche en vela, pensando cada cual en el don que Oz había prometido otorgarles. Dorotea durmió de un tirón, y entonces soñó que estaba en Kansas, y tía Ema le decía lo contenta que estaba de tener nuevamente en casa a su niña.

A la mañana siguiente, a las nueve en punto, les recogió el soldado de patillas verdes, y cuatro minutos más tarde entraron todos en el Salón del Trono del Gran Oz.

Por cierto que cada uno de ellos esperaba

ver al Mago en la forma que había asumido antes, y a todos los sorprendió muchísimo cuando al echar una mirada no vieron a nadie en la sala. Se quedaron cerca de la puerta todos juntos porque la quietud de la sala vacía resultaba más pavorosa que cualquiera de las formas que habían visto tomar a Oz.

De pronto escucharon una voz, que parecía provenir del centro de la gran cúpula, y que dijo, solemnemente:

—Yo soy Oz, el Grande y Terrible. ¿Por qué me buscáis?

Miraron nuevamente por todos los rincones del salón, y entonces, al no ver a nadie, Dorotea preguntó:

—¿En dónde estás?

—Estoy en todas partes —respondió la voz—, pero para los ojos de los simples mortales soy invisible. Ahora me sentaré sobre mi trono para que podáis conversar conmigo —en efecto, la voz pareció entonces, surgir directamente del trono, así que caminaron hacia allí y se pusieron en fila, mientras Dorotea decía:

—Hemos venido a que cumplas tus promesas.

—¿Qué promesas? —preguntó Oz.

—Prometiste enviarme a Kansas cuando la Malvada Bruja hubiese sido destruida —dijo la niña.

—Y prometiste darme sesos —dijo el Espantapájaros.

—Y prometiste darme un corazón —dijo el Leñador de Hojalata.

—Y prometiste darme valentía —dijo el León Cobarde.

—¿Ha sido realmente destruida la Malvada Bruja? —preguntó la voz, y a Dorotea le pareció que temblaba un poco.

—Sí —respondió—, yo la derretí con un balde de agua.

—¡Dios mío! —dijo la voz—, ¡qué pronto! Bueno, venid a verme mañana, porque necesito tiempo para pensarlo.

—Ya has tenido muchísimo tiempo —dijo furioso el Leñador de Hojalata.

—No esperaremos ni un día más —dijo el Espantapájaros.

—¡Debes cumplir las promesas que nos hiciste! —exclamó Dorotea.

El León pensó que podría asustar al Mago, por lo tanto lanzó un fuerte rugido, tan feroz que Toto, alarmado, huyó de un salto y volcó el biombo que había en una esquina. Como el biombo cayó con estrépito, todos miraron en esa dirección, y se quedaron asombrados. Porque vieron, de pie, en el lugar mismo que el biombo ocultaba, un viejecillo calvo y de rostro arrugado, que parecía estar tan sorprendido como ellos mismos. El Leñador de Hojalata, levantando su hacha, se abalanzó hacia el hombrecillo y gritó:

—¿Quién eres?

—Soy Oz, el Grande y Terrible —dijo el hombrecillo, con voz temblorosa—, pero no me golpees —por favor— y haré todo lo que quieras.

Nuestros amigos le miraron con sorpresa y desaliento.

—Yo pensaba que Oz era una gran Cabeza —dijo Dorotea.

—Y yo pensaba que Oz era una hermosa Dama —dijo el Espantapájaros.

—Y yo pensaba que Oz era una terrible Fiera —dijo el Leñador de Hojalata.

—Y yo pensaba que Oz era una Bola de Fuego —exclamó el León.

—No. Estáis todos equivocados —dijo humildemente el hombrecito—. He estado fingiendo.

—¡Fingiendo! —gritó Dorotea—. ¿No eres un gran Mago?

—No grites, querida —dijo él—, no hables tan fuerte o te oirán, y eso sería mi ruina. Se supone que soy un Gran Mago.

—¿Y no lo eres? —preguntó la niña.

—Ni un poquitín, querida. Soy sólo un hombre corriente.

—Eres más que eso —dijo el Espantapájaros, en tono apesadumbrado—, eres un farsante.

—¡Exactamente! —declaró el hombrecillo frotándose las manos como si eso le agradara—. Soy un farsante.

—Pero esto es terrible —dijo el Leñador de Hojalata—, ¿cómo conseguiré alguna vez mi corazón?

—¿Y yo mi valentía? —preguntó el León.

—Y yo mis sesos —gimió el Espantapájaros, enjugándose las lágrimas con la manga.

—Mis queridos amigos —dijo Oz—, os ruego que no habléis de estas pequeñeces. Pensad en mí y el terrible problema en que me encuentro.

—¿Nadie más sabe que eres un farsante? —preguntó Dorotea.

—Nadie lo sabe, solamente vosotros cuatro y yo mismo —replicó Oz—. He engañado a todos durante tanto tiempo que pensé que jamás me descubrirían. Fue un gran error dejaros entrar en el Salón del Trono. No veo ni a mis súbditos, así que creen que soy algo terrible.

—Bueno, no entiendo —dijo Dorotea con perplejidad—. ¿Cómo apareciste ante mí como una gran Cabeza?

—Eso fue uno de mis trucos —contestó Oz—. Pasa por aquí, por favor, y te lo explicaré todo.

Les guió hacia un pequeño cuarto situado detrás del Salón del Trono, y todos le siguieron. Señaló hacia un rincón, en donde se hallaba la Gran Cabeza, hecha de muchas capas de papel, y con una cara cuidadosamente pintada.

—Colgué esto del techo con un alambre —dijo Oz—. Me puse detrás del biombo y tiraba de un hilo para hacer que los ojos se movieran.

—Pero, ¿y la voz? —preguntó Dorotea.

—¡Ah! Soy ventrílocuo —dijo el hombrecillo—, y puedo lanzar el sonido de mi voz donde quiera, por eso pensaste que salía de la Cabeza. Estas son las otras cosas que usé para engañaros —mostró al Espantapájaros el vestido y la máscara que había usado cuando parecía ser la hermosa Dama, y el Leñador de Hojalata vio que su terrible Fiera no era sino un montón de pieles cosidas, con una armazón de tablillas para mantenerlas hinchadas. En cuanto a la Bola de Fuego, el falso Mago también la había colgado del techo. Era una pelota de algodón, que cuando se vertía sobre ella petróleo ardía con furia.

—Realmente —dijo el Espantapájaros—, deberías avergonzarte de ti mismo por semejante farsa.

—Lo estoy, realmente lo estoy —respondió apenado el hombrecillo—, pero era lo único que podía hacer. Sentaos, por favor, hay muchas sillas, y os contaré mi historia.

Así lo hicieron y escucharon la siguiente historia:

—Nací en Omaha.

—¡Pero si eso no está muy lejos de Kansas! —gritó Dorotea.

—No, pero está más lejos de aquí —dijo, meneando tristemente la cabeza—. Cuando llegué a ser mayor me hice ventrílocuo, y tuve un maestro que me preparó muy bien. Puedo imitar cualquier especie de pájaro o bestia —al decirlo maulló como un gatito, haciéndolo tan bien que Toto levantó las orejas y miró por todas partes para ver dónde estaba—. Después de un tiempo —continuó Oz— me cansé de eso, y me convertí en aeronauta.

—¿Qué es eso? —preguntó Dorotea.

—Un hombre que asciende en globo un día de circo, para atraer a la gente y lograr que vayan todos al circo —explicó.

—Oh —dijo ella—. Los conozco.

—Bueno, un día me elevé en globo y las cuerdas se enredaron tanto que no pude descender. Subió más arriba de las nubes, tan alto, que una corriente de aire chocó con él, llevándolo a muchos kilómetros de distancia. Durante un día y una noche viajé por el aire, y la mañana del segundo día desperté y hallé el globo volando sobre un país extraño y hermoso.

»Bajó gradualmente, y no sufrí ningún daño. Pero me encontré entre una gente extraña que, al verme caer de las nubes, pensó que yo era un gran Mago. Naturalmente los dejé con esa idea, porque me temían y prometieron hacer lo que yo quisiera.

»Unicamente para divertirme, y mantener ocupada a esa buena gente, les ordené construir esta Ciudad, y mi Palacio, y lo hicieron con mil amores. Entonces, como el país era tan verde y bonito, pensé en llamarla la Ciudad Esmeralda, y para que el nombre fuese más adecuado, puse gafas verdes a toda la gente, para que todo lo que viesen fuese verde.»

—Pero, ¿no es todo verde aquí? —preguntó Dorotea.

—No más que en cualquier otra ciudad —replicó Oz—, pero cuando uno usa gafas verdes, todo lo que ve le parece verde. La Ciudad Esmeralda fue construida hace muchísimos años, porque yo era joven cuando el globo me trajo aquí, y soy ahora muy anciano. Mi pueblo ha usado gafas verdes desde hace tanto tiempo que la mayoría de ellos creen que en realidad es una Ciudad Esmeralda, un hermoso lugar donde abundan las joyas y los metales preciosos, y todas las cosas buenas que se necesitan para ser feliz. He sido bueno con la gente, y ellos me quieren, pero desde que se construyó este Palacio me he encerrado y no he querido ver a nadie.

»Uno de mis mayores temores eran las Brujas, pues mientras que yo no tenía poderes mágicos de ninguna especie, pronto descubrí que las Brujas eran capaces de hacer cosas portentosas. Había cuatro en este país, y regían sobre los pueblos que viven en el Norte, en el Sur, en el Este y en el Oeste. Afortunadamente, las Brujas del Norte y del Sur eran buenas, y yo sabía que no me harían daño. Pero las Brujas del Este y del Oeste eran terriblemente malvadas, y si no hubiesen pensado que yo era más poderoso que ellas, me habrían destruido con seguridad. Sucedió así que viví mortalmente asustado durante muchos años, y ya puedes imaginar con cuánto agrado oí decir que tu casa había caído sobre la Malvada Bruja del Este. Cuando llegaste a verme, estaba dispuesto a prometer cualquier cosa con tal de que eliminaras a la otra Bruja, pero ahora que la has derretido me avergüenzo de decir que no puedo cumplir mis promesas.

—Creo que eres un mal hombre —dijo Dorotea.

—Oh, no, querida. Soy un hombre buenísimo, pero un pésimo Mago.

—¿No puedes darme sesos? —preguntó el Espantapájaros.

—No necesitas sesos. Estás aprendiendo algo cada día. Un bebé tiene sesos, pero no sabe mucho. La experiencia es la única fuente de conocimientos y cuanto más permanezcas sobre la tierra, tanta más experiencia tendrás sin duda.

—Eso quizá sea cierto —dijo el Espantapájaros—, pero seré muy desgraciado si no me das sesos.

El falso Mago le miró atentamente.

—Bueno —dijo—, no soy gran cosa como mago, según he dicho, pero si quieres venir a verme mañana por la mañana, rellenaré tu cabeza de sesos, aunque no puedo decirte cómo debes usarlos. Eso tendrás que descubrirlo por ti mismo.

—¡Oh, gracias, gracias! —gritó el Espantapájaros—. ¡Ya hallaré un modo de usarlos, no temas!

—Pero, ¿y qué pasa con mi valentía? —preguntó con inquietud el León.

—Tú tienes mucha valentía, estoy seguro —respondió Oz—. Todo lo que necesitas es tener confianza en ti mismo. No hay un ser vivo que no se asuste ante el peligro. La verdadera valen-

tía está en hacer frente al peligro cuando se tiene miedo, y ese tipo de valor tú lo tienes en cantidad.

—Quizá lo tenga, pero de todos modos me asusto —dijo el León—. Seré realmente muy desgraciado a menos que me des esa especie de valentía que hace olvidar que se tiene miedo.

—Muy bien, te daré esa especie de valentía mañana —replicó Oz.

—¿Y qué hay de mi corazón? —preguntó el Leñador de Hojalata.

—Vaya, en cuanto a eso —respondió Oz—, creo que cometes un error al querer un corazón. Hace desgraciada a la mayoría de las personas. ¡Si supieras cuán afortunado eres por no tener corazón!

—Eso deber ser cuestión de opiniones —dijo el Leñador de Hojalata—. Por mi parte, soportaré toda la infelicidad sin una queja, si quieres darme corazón.

—Muy bien —respondió mansamente Oz—. Ven a verme mañana y tendrás un corazón. He hecho de Mago durante tanto tiempo que bien puedo continuar desempeñando el papel un poquito más.

—Y ahora —dijo Dorotea—, ¿cómo voy a volver a Kansas?

—Tendremos que pensar al respecto —replicó el hombrecillo—. Dame dos o tres días para estudiar el asunto y trataré de encontrar un modo de transportarte a través del desierto. Mientras tanto seréis tratados como mis huéspedes, y mientras viváis en el Palacio mi gente os atenderá y obedecerá vuestros menores deseos. Solamente pido una cosa a cambio de mi ayuda —la que os puedo dar—. Debéis guardar mi secreto y no decir a nadie que soy un farsante.

Convinieron en no decir nada de lo que se habían enterado y volvieron a sus habitaciones de muy buen humor. Incluso Dorotea confiaba en que «El Grande y Terrible Farsante», como lo llamaba, hallaría un modo de enviarla de regreso a Kansas, y si lo hacía estaba dispuesta a perdonarle todo.

16. La magia del Gran Farsante

«—Me siento sabio de veras —respondió con
seriedad—».

A la mañana siguiente el Espantápajaros dijo a sus amigos:

—Felicitadme. Voy a ver a Oz para conseguir por fin mis sesos. Cuando regrese seré como los demás hombres.

—Siempre me has gustado como eras —dijo sencillamente Dorotea.

—Muy amable por tu parte que te guste un Espantapájaros —respondió—. Pero seguramente tendrás mejor opinión de mí cuando escuches los espléndidos pensamientos que van a producir mis nuevos sesos —se despidió de todos ellos con voz alegre y fue al Salón del Trono, a cuya puerta llamó.

—Entra —dijo Oz.

El Espantapájaros entró y vio al hombrecillo sentado junto a la ventana, sumido en sus pensamientos.

—He venido por mis sesos —indicó el Espantapájaros, un poco intranquilo.

—Ah, sí. Siéntate en esa silla, por favor —replicó Oz—. Deberás excusarme si te quito la cabeza, pero me es preciso hacerlo para ponerte los sesos en su sitio.

—Está bien —dijo el Espantapájaros—. Puedes quitármela cuando quieras, siempre que la que repongas sea una mejor.

Entonces el Mago le soltó la cabeza y la vació de paja. Luego entró en el cuarto trasero y tomó una medida de salvado, y lo mezcló con muchas agujas y alfileres. Sacudiendo todo esto con fuerza, llenó la parte superior de la cabeza del Espantapájaros con esa mezcla y rellenó el resto con paja para mantener lo primero en su sitio.

Una vez que hubo fijado nuevamente la cabeza del Espantapájaros sobre su cuerpo, le dijo:

—En lo sucesivo serás un gran hombre, porque te he dado un montón de sesos nuevos de salvado.

El Espantapájaros quedó complacido y orgulloso al ver realizado su mayor deseo, y dándole las gracias efusivamente, volvió con sus amigos.

Dorotea le miró con curiosidad. Su cabeza sobresalía bastante en la coronilla con el bulto de los sesos.

—¿Cómo te sientes? —preguntó la niña.

—Me siento sabio de veras —respondió con seriedad—. Cuando me acostumbre a mis sesos lo sabré todo.

—¿Por qué sobresalen esas agujas y alfileres en tu cabeza? —preguntó el Leñador de Hojalata.

—Es una prueba de su agudeza —observó el León.

—Bueno, debo ir donde está Oz a buscar mi corazón —dijo el Leñador. De modo que llegó hasta el Salón del Trono y llamó a la puerta.

—Entra —gritó Oz, y el Leñador entró y dijo—.

—He venido por mi corazón.

—Muy bien —respondió el hombrecillo—. Pero tendré que hacer un agujero en tu pecho, para poder colocar tu corazón en su sitio. Espero que no te duela.

—Oh, no —aseguró el Leñador—. No lo sentiré en absoluto.

Oz trajo unas tijeras de hojalatero y recortó un pequeño agujero cuadrado en el costado izquierdo del Leñador de Hojalata. Luego, yendo hasta una cómoda, sacó un bonito corazón, hecho enteramente de seda y relleno de serrín.

—¿Verdad que es una preciosidad? —preguntó.

—¡Sí que lo es! —contestó el Leñador, complacidísimo—. Pero, ¿es un corazón bondadoso?

—¡Oh, mucho! —replicó Oz. Puso el corazón en el pecho del Leñador y luego volvió a poner el trozo cuadrado de hojalata allí donde había cortado, soldándolo perfectamente.

—Ya está —dijo—, ahora tienes un corazón del que cualquier hombre podría estar orgulloso. Lamento haber tenido que hacer un remiendo en tu pecho, pero era imposible evitarlo.

—No te preocupes por el remiendo —exclamó el feliz Leñador—. Te estoy muy agradecido, y nunca olvidaré tu bondad.

—No hay de qué —repondió Oz.

Entonces el Leñador de Hojalata volvió donde sus amigos que lo felicitaron por su buena suerte.

Luego fue el León hasta el Salón del Trono y llamó a la puerta.

—Entra —dijo Oz.

—He venido a buscar mi valentía —anunció el León, entrando en la sala.

—Muy bien —dijo el hombrecillo—. Ya te la traigo.

Fue hasta un aparador y estirándose hasta alcanzar una repisa muy alta, bajó una botella verde y cuadrada, cuyo contenido vertió en un plato verde de oro, primorosamente tallado. Colocándolo ante el León Cobarde, que lo olió como si no le gustara, el Mago dijo:

—Bebe.

—¿Qué es? —preguntó el León.

—Bueno —contestó Oz—, si estuviera dentro de ti, sería valentía. Tú ya sabes que la valentía está

siempre dentro de uno, así que a esto no se le puede llamar valentía hasta que lo hayas tragado. Por tanto te aconsejo beberlo lo antes posible.

El León ya no dudó más, bebió hasta vaciar el plato.

—¿Cómo te sientes ahora? —preguntó Oz.

—Lleno de valentía —replicó el León, que regresó muy contento a contar a sus amigos su buena suerte.

Al quedar solo, Oz sonrió pensando en el éxito que había tenido al dar al Espantapájaros, al Leñador de Hojalata y al León, exactamente lo que ellos pensaban que querían. «¿Cómo puedo evitar ser un farsante —se dijo—, cuando toda esa gente me obliga a hacer cosas que cualquiera sabe que no se pueden hacer? Fue fácil dejar contentos al Espantapájaros, al León y al Leñador, porque ellos imaginaron que yo podía hacerlo. Pero se necesitará más imaginación para llevar a Dorotea a Kansas, y la verdad es que no sé cómo puede hacerlo.»

17. De cómo ascendió el globo

Durante tres días, Dorotea no supo nada de Oz. Fueron días tristes para la niña, aunque sus amigos estaban muy felices y contentos. El Espantapájaros les contó que había maravillosos pensamientos en su cabeza, pero no quiso decir cuáles eran porque sabía que nadie los podría entender, excepto él mismo. Cuando el Leñador de Hojalata se paseaba sentía el corazón palpitarle en el pecho, y dijo a Dorotea que había descubierto que era un corazón más bondadoso y más tierno que el que tenía cuando era de carne y hueso. El León declaró que no temía a nada en el mundo, y que se enfrentaría feliz a un ejército o a una docena de Kalidahs.

Así pues, todos los miembros del grupo estaban satisfechos, excepto Dorotea, que ansiaba más que nunca regresar a Kansas.

Al cuarto día, con gran alegría por su parte, Oz la mandó llamar, y cuando entró en el Salón del Trono, le dijo con voz afable:

—Siéntate, querida. Creo que he hallado la manera de sacarte de este país.

—¿Y regresar a Kansas? —preguntó Dorotea.

—Bueno, no estoy seguro si a Kansas —dijo Oz—, pues no tengo ni la más leve idea de la dirección en que está. Pero lo primero que hay que hacer es cruzar el desierto, y luego será fácil hallar el camino de tu casa.

—¿Cómo puedo cruzar el desierto? —preguntó la niña.

—Bueno, te diré lo que creo —dijo el hombrecillo—. Verás, cuando llegué a este país lo hice en globo. Tú también viniste por el aire, traída por una tromba. Así pues, creo que la mejor manera de atravesar el desierto es por el aire. Ahora bien, está muy por encima de mis poderes hacer una tromba, pero he estado reflexionando sobre el asunto, y creo que puedo hacer un globo.

—¿Cómo? —preguntó Dorotea.

—Un globo —dijo Oz—, está hecho de seda encolada para que no se escape el gas. Tengo mucha seda en el Palacio, así que no habrá problemas para hacer el globo. Pero en todo este país no hay gas para que el globo pueda flotar.

—Si no llega a flotar —observó Dorotea—, no nos servirá.

—Cierto —confirmó Oz—. Pero hay otra manera de hacerlo flotar, y consiste en llenarlo de aire caliente. El aire caliente no es tan bueno como el gas, porque si llegara a enfriarse el globo caería en el desierto, y estaríamos perdidos.

—¡Nosotros! —exclamó la niña—. ¿Vas a venirte conmigo?

—Por supuesto —replicó Oz—. Estoy cansado de ser un farsante. Si se me ocurriese salir de este Palacio mi pueblo pronto descubriría que no soy un Mago, y entonces se indignarían conmigo por haberlos engañado. Por eso debo permanecer encerrado en estas habitaciones todo el día, y eso resulta aburrido. Preferiría regresar a Kansas contigo y volver a trabajar en un circo.

—Me alegrará que vengas —dijo Dorotea.

—Gracias —respondió Oz—. Ahora, si me ayudas a coser los trozos de seda, empezaremos a trabajar en nuestro globo.

Así pues, Dorotea tomó aguja e hilo, y tan pronto como Oz cortaba las tiras de seda de la forma

apropiada, la niña las cosía pulcramente. Primero
había una franja de seda verde claro, luego una de
verde oscuro y luego una de verde esmeralda, porque
a Oz se le ocurrió hacer el globo de distintos tonos
de ese color. Llevó tres días coser todas las tiras de
seda, pero cuando estuvo terminado se vio una gran
bolsa de seda verde de unos siete metros de longitud.

Luego Oz la encoló por dentro, para hacerla
impermeable al aire, tras lo cual anunció que el globo
estaba listo.

—Pero debemos tener una barquilla en la que
viajar —dijo. Así que envió al soldado de barba verde a buscar un gran cesto de ropa, que amarró con
muchas cuerdas a la parte inferior del globo.

Cuando todo estuvo dispuesto, Oz hizo saber
a su pueblo que iba a hacer una visita a un gran her-
mano Mago que vivía en las nubes. La noticia corrió
rápidamente y todos acudieron a ver el maravilloso
espectáculo.

Oz ordenó que pusieran el globo delante del
Palacio, y la gente lo contemplaba con mucha curiosidad. El Leñador de Hojalata había cortado un gran
montón de leña, y la encendió, mientras Oz sujetaba
el fondo del globo sobre la hoguera para que el aire
caliente que ascendía del fuego quedara atrapado en
la bolsa de seda. Gradualmente, el globo se infló
y se elevó en el aire, hasta que la barquilla apenas
tocaba el suelo.

Entonces Oz se metió en la barquilla y dijo con
fuerte voz a todo el pueblo:

—Ahora me voy a hacer una visita. Durante
mi ausencia os gobernará el Espantapájaros. Os orde-
no obedecerle como si fuese yo mismo.

En ese momento el globo tiraba con fuerza de
la cuerda que lo sujetaba al suelo, pues el aire en su
interior estaba caliente y hacía que su peso fuera
menor que el aire de afuera.

—¡Ven, Dorotea! —gritó el Mago—. ¡Apresúrate, o el globo se irá volando!

—No puedo encontrar a Toto en ninguna parte —respondió Dorotea, que no deseaba dejar a su perrito. Toto corría entre la multitud ladrando a un gato, y por fin Dorotea lo halló. Lo cogió y corrió al globo.

Estaba a pocos pasos, y tenía Oz las manos extendidas para ayudarla a subir a la cesta, cuando ¡zas!, se cortaron las cuerdas y el globo se elevó sin ella.

—¡Vuelve! —chilló—. ¡Yo también quiero ir!

—No puedo volver, querida —gritó Oz desde la cesta—, ¡adiós!

—¡Adiós! —gritaron todos mirando hacia donde el Mago se elevaba cada vez más y más en el cielo.

Y esa fue la última vez que vieron a Oz, el Maravilloso Mago, y aunque quizá haya llegado a Omaha, y esté allí, hasta ahí llegamos. Pero el pueblo lo recordaba con cariño, y se decían unos a otros:

—Oz fue siempre nuestro amigo. Cuando estuvo aquí construyó para nosotros esta maravillosa Ciudad Esmeralda, y ahora que se ha ido ha dejado al Sabio Espantapájaros para gobernarnos.

Aun así, durante muchos días lamentaron la pérdida del Maravilloso Mago, y estaban desconsolados.

18. En marcha hacia el Sur

«El Espantapájaros se sentó en el gran trono...».

Dorotea lloró amargamente al ver frustradas sus esperanzas de volver a Kansas, pero cuando reflexionó sobre todo el asunto, se alegró de no haber subido en globo. Y se apenó igual que sus compañeros, de haber perdido a Oz.

El Leñador de Hojalata se le acercó y dijo:

—Realmente sería un ingrato si no llorara por el hombre que me dio mi hermoso corazón. Quisiera llorar un poco porque Oz se ha ido; si fueras tan amable de enjugar mis lágrimas, para que no me oxide.

—Con mucho gusto —respondió Dorotea, y trajo una toalla. Entonces el Leñador de Hojalata lloró durante varios minutos, y ella observó cuidadosamente las lágrimas, que enjugó con la toalla. Cuando hubo terminado, su amigo le dio las gracias efusivamente y se engrasó a fondo con su aceitera enjoyada, para evitarse problemas.

El Espantapájaros era ahora el gobernante de la Ciudad Esmeralda, y aunque no era un Mago, el pueblo estaba orgulloso de él. «Porque», decían, «no hay ninguna otra ciudad en todo el mundo que esté regida por un hombre de paja.» Y, hasta donde sabían, tenían mucha razón.

A la mañana siguiente de la partida de Oz, los cuatro viajeros se reunieron en el Salón del Trono y hablaron de sus asuntos. El Espantapájaros se sentó en el gran trono y los demás se mantuvieron respetuosamente de pie ante él.

—No somos tan desafortunados —dijo el nuevo gobernante—, pues este Palacio y la Ciudad Esmeralda nos pertenecen, y podemos hacer lo que nos dé la gana. Cuando recuerdo que hasta hace poco yo estaba encaramado en un palo en el maizal de un granjero, y que ahora soy el gobernante de esta hermosa Ciudad, estoy muy satisfecho con mi suerte.

—Yo también estoy muy complacido con mi nuevo corazón —dijo el Leñador de Hojalata—, y, realmente, era lo único que deseaba en el mundo.

—Por mi parte —dijo modestamente el León—, estoy contento de saber que soy tan valeroso, si no más que cualquier fiera que haya existido.

—Si Dorotea se contentara con vivir en la Ciudad Esmeralda —continuó el Espantapájaros—, podríamos vivir felices juntos.

—Pero yo no quiero vivir aquí —exclamó Dorotea—. Quiero ir a Kansas con tía Ema y tío Enrique.

—Bueno, ¿qué puede hacerse, entonces? preguntó el Leñador.

El Espantapájaros decidió pensar, y pensó tan intensamente, que las agujas y alfileres comenzaron a asomar fuera de sus sesos. Finalmente dijo:

—¿Por qué no llamar a los Monos Alados, y pedirles que te lleven al otro lado del desierto?

—¡No se me había ocurrido! —dijo Dorotea, jubilosa—. Eso es exactamente lo que hay que hacer. Iré al instante a buscar el Gorro de Oro.

Cuando lo hubo llevado a la Sala del Trono, dijo las palabras mágicas, y pronto la banda de Monos Alados entró volando por las ventanas abiertas y se detuvo ante ella.

—Esta es la segunda vez que nos has llamado —dijo el Rey Mono, inclinándose ante la niña—. ¿Qué deseas?

—Quiero que me lleves volando a Kansas —dijo Dorotea. Pero el Rey Mono meneó la cabeza.

—Eso no se puede hacer —dijo—. Pertenecemos únicamente a este país, y no podemos dejarlo. Aún no ha habido ningún Mono Alado en Kansas, y supongo que jamás lo habrá, porque ese lugar no nos corresponde. Estaremos encantados de ayudarte de cualquier otra forma, pero no podemos cruzar el desierto. Adiós.

Y haciendo otra reverencia, el Rey Mono extendió sus alas y se fue volando por la ventana, seguido de toda su banda.

Dorotea estaba a punto de llorar de desesperación.

—He malgastado el encantamiento del Gorro de Oro para nada —dijo—, porque los Monos Alados no pueden ayudarme.

—¡Qué lástima! —dijo el Leñador, de corazón tierno.

El Espantapájaros estaba pensando nuevamente y se le hacía un chichón tan horrible en la cabeza, que Dorotea temió que pudiera estallar.

—Llamemos al soldado de la barba verde —dijo—, y pidámosle consejo.

Así pues, convocaron al soldado, el cual entró con timidez en la Sala del Trono, pues en vida de Oz jamás se le permitió pasar de la puerta.

—Esta muchachita —dijo el Espantapájaros al soldado—, desea cruzar el desierto. ¿Cómo puede hacerlo?

—No sabría decirlo —respondió—, pues nadie ha cruzado jamás el desierto, como no haya sido el propio Oz.

—¿No hay nadie que pueda ayudarme? —preguntó seriamente Dorotea.

—Glinda, quizás —sugirió el soldado.

—¿Quién es Glinda? —inquirió el Espantapájaros.

—La Bruja del Sur. Es la más poderosa de

todas las Brujas, y reina sobre los Cabezudos. Además, su castillo se alza en el borde del desierto, así que tal vez conozca un camino para cruzarlo.

—Glinda es una buena Bruja, ¿verdad? —preguntó la niña.

—Los Cabezudos opinan que es buena —dijo el soldado—, y es bondadosa con todos. He oído decir que Glinda es una hermosa mujer, que sabe cómo mantenerse joven a pesar de los muchos años que ha vivido.

—¿Cómo podemos llegar hasta su castillo? —preguntó Dorotea.

—El camino va recto hacia el Sur —contestó el soldado—, pero dicen que está lleno de peligros para los viajeros. En los bosques hay bestias feroces, y una raza de hombres extraños a los cuales no les gusta que los forasteros atraviesen su país. Por ese motivo no ha venido jamás ningún Cabezudo a la Ciudad Esmeralda.

Después de haberse ido el soldado, el Espantapájaros dijo:

—Parece, a pesar de los peligros, que lo mejor que puede hacer Dorotea es viajar a la Tierra del Sur y pedir a Glinda que la ayude, porque, si Dorotea se queda aquí, jamás regresará a Kansas.

—Debes haber estado pensando nuevamente —observó el Leñador de Hojalata.

—En efecto —dijo el Espantapájaros.

—Yo iré con Dorotea —declaró el León—, estoy cansado de tu ciudad y añoro los bosques y el campo abierto. Soy una fiera salvaje, como sabéis. Además, Dorotea necesitará alguien que la proteja.

—Eso es verdad —afirmó el Leñador—.

Mi hacha le puede ser de utilidad, así que también yo iré con ella a la Tierra del Sur.

—¿Cuándo partiremos? —preguntó el Espantapájaros.

—¿Vas a ir? —preguntaron sorprendidos los demás.

—Claro. Si no hubiese sido por Dorotea jamás habría tenido mis sesos. Ella me sacó del palo en el maizal y me trajo a la Ciudad Esmeralda. De modo que le debo toda mi buena suerte y nunca la abandonaré hasta que se vaya definitivamente a Kansas.

—Gracias —dijo Dorotea, emocionada—. Realmente sois todos muy buenos conmigo. Pero me agradaría marchar lo antes posible.

—Nos iremos mañana por la mañana —replicó el Espantapájaros—. Así que preparémoslo todo, pues será un largo viaje.

19. Atacados
por los árboles luchadores

«...se enroscaron alrededor de él, y en un momento lo levantaron del suelo...».

A la mañana siguiente Dorotea dio un beso de despedida a la simpática muchachita verde, y todos le dieron un apretón de manos al soldado de las patillas verdes, que los había acompañado hasta la puerta. Cuando el Guardián de las Puertas los vio nuevamente, se sorprendió muchísimo de que quisieran abandonar la hermosa Ciudad para meterse en nuevos problemas. Pero les quitó las gafas, que volvió a poner en el gran baúl, y les deseó lo mejor para el viaje.

—Tú eres ahora nuestro gobernante —dijo al Espantapájaros—, de manera que debes regresar con nosotros lo antes posible.

—Lo haré, si puedo —replicó el Espantapájaros—, pero primero debo ayudar a Dorotea a llegar a su hogar.

Cuando llegó el momento de despedirse del bondadoso Guardián, Dorotea le dijo.

—He sido muy bien tratada en tu preciosa Ciudad, y todos han sido muy buenos conmigo. No podría decirte lo agradecida que estoy.

—Ni lo intentes, niña —respondió—. Nos agradaría que te quedaras con nosotros, pero si deseas regresar a Kansas, espero que encuentres el camino. —abrió entonces la puerta de la muralla exterior y echaron a andar y así iniciaron su viaje.

El sol lucía en el cielo cuando nuestros amigos se encaminaron hacia la Tierra del Sur. Estaban todos del mejor humor, y reían y charlaban entre sí. Dorotea tenía una vez más esperanzas de llegar a casa, y el Espantapájaros y el Leñador de Hojalata se alegraron de serle útiles. En cuanto al León, husmeaba el aire con deleite, y movía su rabo de uno a otro lado contento de estar nuevamente en el campo, mientras Toto corría alrededor de ellos y perseguía polillas y mariposas, ladrando alegremente todo el tiempo.

—La vida ciudadana no me sienta bien —observó el León, mientras caminaba a buen paso—. He perdido mucho peso desde que vivo aquí, y

ahora estoy anhelando una oportunidad de mostrarle a las demás fieras lo valeroso que soy.

En cierto momento se volvieron y echaron una última mirada a la Ciudad Esmeralda. Todo lo que vieron fue un montón de torres y campanarios detrás de las verdes murallas, y sobresaliendo por encima de todo, las torres y la cúpula del Palacio de Oz.

—Oz no era un Mago tan malo, después de todo —dijo el Leñador de Hojalata, al sentir su corazón latiendo dentro del pecho.

—Supo cómo darme sesos, y muy buenos, además —dijo el Espantapájaros.

—Si Oz hubiese tomado una dosis de la misma valentía que me dio —agregó el León—, habría sido un hombre animoso.

Dorotea no dijo nada. Oz no había cumplido la promesa que le había hecho, pero había hecho lo posible, por eso le perdonaba. Tal como él mismo había dicho, era un buen hombre, aunque un mal Mago.

El primer día de caminata les llevó a través de los verdes campos y alegres flores que se extendían en torno a la Ciudad Esmeralda. Durmieron esa noche sobre la hierba, sin más techo que el de las estrellas, y reposaron muy bien.

Por la mañana siguieron viajando hasta llegar a un espeso bosque. No había modo de bordearlo, pues parecía prolongarse a derecha e izquierda hasta donde alcanzaba la vista y, además, no se atrevían a cambiar de dirección en su ruta por temor a perderse. De manera que buscaron un lugar por el cual fuese más fácil penetrar en el bosque.

El Espantapájaros, que llevaba la delantera, descubrió un gran árbol, de ramas tan largas que bajo ellas quedaba espacio para que pasara el grupo. Así que caminó hacia el árbol, pero cuando pasaba bajo las primeras ramas, éstas se inclinaron y se enroscaron alrededor de él, y en un momento lo levantaron del suelo lanzándolo de cabeza entre sus compañeros de viaje.

Esto no le dolió al Espantapájaros, pero le sorprendió, y parecía bastante aturdido cuando Dorotea lo recogió.

—Aquí hay otro hueco entre los árboles —gritó el León.

—Dejadme probar a mí primero —dijo el Espantapájaros—, porque si me lanzan lejos, no me dolerá —caminó hacia otro árbol, mientras hablaba, pero sus ramas lo cogieron y volvieron a tirarlo hacia atrás.

—¡Qué raro es esto! —exclamó Dorotea—. ¿Qué haremos?

—Parece que los árboles han decidido luchar contra nosotros y entorpecer nuestro viaje —observó el León.

—Creo que yo lo intentaré —dijo el Leñador, y echando su hacha al hombro avanzó hasta el primer árbol que había tratado tan bruscamente al Espantapájaros. Cuando una gran rama se dobló hacia abajo para agarrarlo, el Leñador la golpeó con tal violencia que la cortó en dos. El árbol empezó a sacudir todas sus ramas como si le doliera, y el Leñador de Hojalata pasó debajo de él.

—¡Venid! —gritó a los demás—. ¡Rápido! —todos avanzaron corriendo y pasaron sin problema bajo el árbol, salvo Toto, que fue cogido por una ramita, sacudiéndolo hasta hacerlo aullar. Pero el Leñador cortó rápidamente la rama y dejó libre al perrillo.

Los otros árboles del bosque no hicieron nada para hacerlos retroceder, por lo tanto pensaron que sólo la primera fila de árboles podía doblar las ramas y que esos eran probablemente los policías del bosque, a los que se había dado ese maravilloso poder para mantener alejados a los extranjeros.

Los cuatro viajeros caminaron tranquilamente a través de los árboles hasta llegar al otro extremo del bosque. Allí, con gran sorpresa, se toparon con un alto muro que parecía estar hecho de loza blanca. Era liso, como la superficie de un plato, y más elevado que sus cabezas.

—¿Qué haremos ahora? —preguntó Dorotea.

—Haré una escalera —dijo el Leñador de Hojalata y salvaremos el muro.

20. El delicado país de porcelana

«...toda esta gente era de porcelana, incluso hasta su ropa...».

Mientras el Leñador estaba haciendo una escalera con la madera que hallaba en el bosque, Dorotea se tumbó y se durmió cansada de la larga caminata. El León también se acurrucó para dormir y Toto se echó a su lado.

El Espantapájaros miraba trabajar al Leñador, y le dijo:

—No puedo imaginar por qué está aquí este muro, ni de qué está hecho.

—Deja descansar tus sesos y no te preocupes por el muro—, replicó el Leñador—. Cuando lo hayamos sorteado sabremos qué hay al otro lado.

Poco tiempo después estuvo terminada la escalera. Resultaba burda, pero el Leñador sabía que era resistente y que serviría para lo que la necesitaban. El Espantapájaros despertó a Dorotea, al León y a Toto, y los informó que la escalera estaba lista. El Espantapájaros fue el primero en subir, pero era tan torpe que Dorotea tuvo que seguirlo de cerca y evitar que se cayera. Cuando su cabeza llegó al borde superior del muro, el Espantapájaros dijo:

—¡Caramba!

—Continúa —exclamó Dorotea.

El Espantapájaros siguió trepando y se sentó en el borde del muro, y Dorotea asomó la cabeza y exclamó:

—¡Caramba! —tal como lo había hecho el Espantapájaros.

Luego subió Toto, e inmediatamente se puso a ladrar, pero Dorotea lo hizo callar.

El León fue el siguiente en subir por la escalera, y el Leñador de Hojalata fue el último, pero ambos gritaron: «¡Caramba!» tan pronto miraron por encima del muro. Cuando estaban todos sentados, miraron hacia abajo y vieron un extraño paisaje.

Ante ellos había una amplia extensión cuyo suelo era tan liso y reluciente y blanco como el fondo de una gran fuente. Esparcidas por aquí y por allá había muchas casas hechas de porcelana y pintadas con los colores más brillantes. Eran bastante pequeñas, la más grande llegaría sólo hasta la cintura de Dorotea. Había también bonitos y pequeños graneros, con vallas de loza a su alrededor, y había muchas vacas, ovejas, caballos, cerdos y gallinas, todos de porcelana, formando grupos.

Pero lo más raro de todo era la gente que vivía en ese extraño país. Había lecheras y pastoras, con corpiños de vivos colores y lunares dorados salpicando sus vestidos, y princesas con los más suntuosos ropajes de oro y púrpura, y pastores vestidos con calzones cortos a franjas verticales y rosadas, amarillas y azules, y hebillas de plata en los zapatos, y príncipes con coronas enjoyadas en la cabeza, llevando capas de armiño y chalecos de satén, y divertidos payasos con trajes de volantes fruncidos, con redondos y rojizos manchones en las mejillas, y altos sombreros puntiagudos. Y lo más raro de todo, toda esta gente era de porcelana, incluso hasta su ropa, y eran tan pequeños que el más grande no le llegaba ni a la rodilla a Dorotea.

Ninguno de ellos miró siquiera a los viajeros al comienzo, excepto un perrillo de porcelana de cabeza grandísima, que se acercó al muro y les ladró con una débil vocecita, huyendo luego a la carrera.

—¿Cómo bajaremos? —preguntó Dorotea.

Encontraron que la escalera era demasiado pesada para subirla, así que el Espantapájaros se dejó caer del muro y los demás saltaron sobre él, para que al caer no se hicieran daño en los pies. Por supuesto se cuidaron de no aterrizar sobre su cabeza, pues se habrían pinchado los pies con los alfileres. Cuando todos estuvieron a salvo en el suelo, recogieron al Espantapájaros, cuyo cuerpo estaba muy aplastado, y dieron nuevamente forma a su paja.

—Tenemos que cruzar este extraño lugar para llegar al otro lado —dijo Dorotea—, porque no sería sensato que siguiésemos cualquier dirección que no fuera el Sur.

Empezaron a caminar a través del país de la gente de porcelana, y lo primero que encontraron fue a una lechera de porcelana ordeñando una vaca de porcelana. Cuando se acercaban, la vaca dio súbitamente una coz y derribó el taburete, el cubo, e incluso a la lechera, todo lo cual cayó sobre el piso de porcelana con gran estrépito.

A Dorotea le impresionó que la vaca se hubiese quebrado la pata, y que el balde estuviera roto en varios pedazos, mientras que la pobre lechera tenía un desconchón en el codo izquierdo.

—¡Eh! —dijo furiosa la lechera—. ¡Mirad lo que habéis hecho! Mi vaca se ha roto una pata, y tendré que llevarla al taller de restauración y hacer que se la peguen de nuevo. ¿Qué pretendéis viniendo aquí y asustando a mi vaca?

—Lo siento mucho —respondió Dorotea—, te ruego que nos perdones.

Pero la buena moza estaba demasiado indignada para contestar. Recogió de mala gana la pata y se llevó su vaca, que renqueaba sobre las otras tres. Conforme se alejaba, la lechera lanzó por encima del hombro miradas de reproche a los torpes forasteros, manteniendo su codo desconchado pegado al costado.

Dorotea lamentó mucho este percance.

—Debemos ser muy cuidadosos aquí —dijo el bondadoso Leñador—, pues si no podríamos herir a esta hermosa gentecilla y jamás se repondrían.

Un poco más allá Dorotea se topó con una bellísima y joven Princesa, que se detuvo paralizada al ver a los extranjeros, y luego echó a correr.

Dorotea corrió tras la Princesa para verla con más detenimiento, pero la muchacha de porcelana gritó:

—¡No me persigas! ¡No me persigas!

Su vocecita tenía tal tono de miedo que Dorotea se detuvo y dijo:

—¿Por qué?

—Porque —respondió la Princesa, deteniéndose también, a distancia segura—, si corro puedo caerme y romperme.

—¿Pero no podrían restaurarte? —preguntó la niña.

—Oh, sí, pero nunca se queda igual de bonita después de la reparación, ¿sabes? —replicó la Princesa.

—Ya me lo imagino —dijo Dorotea.

—Mira, allí está don Comodín, uno de nuestros payasos —continuó la damita de porcelana—, que siempre está tratando de ponerse cabeza abajo. Se ha roto con tanta frecuencia que está restaurado en cien partes, y no ha quedado nada bonito. Ahora viene para acá, y podrás juzgar por ti misma.

Efectivamente, un alegre y pequeño payaso venía caminando hacia ellos y Dorotea pudo ver que a pesar de su elegante vestimenta roja, amarilla y verde, estaba enteramente rajado de arriba abajo y mostrando claramente que había sido pegado en muchas partes.

El Payaso se puso las manos en los bolsillos, y después de inflar las mejillas y meneándo descaradamente la cabeza dijo:

> *«Hermosa dama*
> *que no ama*
> *al pobre y viejo Comodín*
> *eres tan tiesa*
> *tú, princesa*
> *tararán, tararín*
> *¿has comido*
> *palo de baraja*
> *o aserrán, aserrín?»* *

—¡Silencio, caballero! —dijo la Princesa—. ¿No véis que éstos son forasteros y deberían ser tratados con respeto?

—Bien, eso es respeto, expectoro, digo espero —dijo el Payaso y se puso al instante cabeza abajo.

—No le hagas caso a Don Comodín —dijo la

---

* N. del T.: Esta es obviamente una traducción libre. Hay un juego de palabras en el original, entre «Joker» (carta comodín, o bromista) y estar tieso como un «póker», que además del juego de naipes significa un atizador.

Princesa a Dorotea—, tiene la cabeza muy rota y eso le ha vuelto tonto.

—Oh, me importa un bledo —dijo Dorotea—. Pero tú eres tan hermosa —continuó—, que estoy segura de que podría quererte muchísimo. ¿No me dejarías llevarte a Kansas y ponerte en el estante de tía Ema? Podrías ir en mi cesta.

—Eso me haría muy desgraciada —contestó la Princesa de porcelana—. Verás, aquí en mi país vivimos contentos, y podemos hablar y movernos como nos place. Pero cada vez que a cualquiera de nosotros se lo llevan, nuestras articulaciones se ponen rígidas al instante, y sólo podemos estar inmóviles y hacer de adorno. Naturalmente que eso es todo lo que se espera de nosotros cuando estamos en estanterías y vitrinas y mesas de salón, pero nuestras vidas son mucho más agradable aquí en nuestro propio país.

—¡Yo no te haría desgraciada por nada del mundo! —exclamó Dorotea—. Así que te diré adiós.

—Adiós —respondió la Princesa.

Caminaron con cuidado a través del país de porcelana. Los animalitos y toda la gente huían precipitadamente a su paso, temiendo que los extranjeros les quebraran, y al cabo de una hora, o cosa así, los viajeros llegaron al otro lado del país y se toparon con otra muralla de porcelana.

Esta no era tan alta como la anterior y subiéndose al lomo del León lograron salvarla. Luego el León encogiendo sus patas saltó sobre la muralla, pero al hacerlo volcó una iglesia de porcelana con el rabo y la hizo mil pedazos.

—Ha sido una verdadera lástima —dijo Dorotea—, aunque, por otra parte, fue una suerte que no hiciéramos más daño a esta gentecita que la rotura de la pata de una vaca, y lo de la iglesia. ¡Son todos tan frágiles!

—¡Y vaya si lo son! —agregó el Espantapájaros—. Estoy encantado de ser de paja y de no
poder lesionarme así. Hay en el mundo cosas peores
que ser un Espantapájaros.

21. El León se convierte en Rey de los Animales

Después de bajar por la muralla de porcelana los viajeros se encontraron en una desagradable comarca, llena de marismas y pantanos, y cubierta de una hierba alta y espesa. Era difícil caminar sin caer en hoyos cenagosos, porque la hierba crecía tan apretada que los ocultaba. Sin embargo, mirando cuidadosamente dónde pisaban, avanzaron sin dificultad hasta llegar a tierra firme. Pero aquí la región parecía más agreste que nunca, y después de una larga y fatigosa caminata a través de la maleza, entraron en otro bosque, en donde los árboles eran más grandes y más viejos que los que habían visto hasta entonces.

—Este bosque es absolutamente delicioso —declaró el León, mirando complacido a su alrededor—. Nunca he visto un lugar más hermoso.

—Resulta lúgubre —dijo el Espantapájaros.

—Nada de eso —respondió el León—. Me gustaría vivir siempre aquí. Mira qué suaves son las hojas secas bajo tus pies y qué espeso y verde es el musgo que se adhiere a estos viejos árboles. Ninguna fiera salvaje podría desear un hogar más grato.

—Quizá haya fieras salvajes en el bosque ahora —dijo Dorotea.

—Supongo que sí —replicó el León—, pero no veo ninguna.

Caminaron a través del bosque hasta que se hizo demasiado oscuro para proseguir. Dorotea, Toto y el León se echaron a dormir, mientras el Leñador y el Espantapájaros montaban guardia como de costumbre.

Cuando amaneció reemprendieron la marcha. No habían llegado muy lejos cuando escucharon un rumor sordo, como el gruñir de muchos animales salvajes. Toto gimió un poco, pero ninguno de los demás se asustó y continuaron a lo largo del transitado sendero hasta llegar a un claro del bosque, en el que estaban reunidos centenares de fieras de todas las especies. Había tigres, elefantes, osos, zorros, lobos y todo lo que figura en las zoologías, y por un momento Dorotea sintió miedo. Pero el León explicó que los animales estaban celebrando una reunión, y juzgó por sus gruñidos y refunfuños que tenían graves problemas.

Mientras estaba hablando varias fieras le vieron y de repente la gran asamblea se calló como por arte de magia. El tigre más grande se acercó al León, y se inclinó, diciendo:

—¡Bienvenido, oh Rey de los Animales! Habéis llegado oportunamente para combatir contra nuestro enemigo y traer nuevamente la paz a todos los animales del bosque.

—¿Cuál es vuestro problema? —preguntó el León con aplomo.

—Estamos todos amenazados —contestó el tigre—, por un feroz enemigo que ha llegado últimamente a esta selva. Es un monstruo horrendo, semejante a una gran araña, con un cuerpo grande como un elefante y ocho patas largas como troncos de árboles. Cuando el monstruo repta por el bosque agarra a un animal con una pata y lo arrastra hasta su boca, comiéndoselo igual que hace una araña con una mosca. Ninguno de nosotros estará a salvo mientras esta feroz criatura esté viva, y habíamos convocado una reunión para decidir cómo defendernos, cuando apareciste ante nosotros.

El León meditó un momento.

—¿Hay algún otro León en el bosque? —preguntó.

—No. Había algunos, pero el monstruo se los ha comido a todos. Y, además, ninguno era tan grande y valiente como tú.

—Si acabo con vuestro enemigo ¿os postraréis ante mí y me obedeceréis como Rey de la Selva? —inquirió el León.

—Lo haremos con gusto —replicó el tigre, y todas las fieras rugieron a un tiempo—. ¡Lo haremos!

—Bien. ¿Dónde está ahora esa gran araña de que habláis? —preguntó el León.

—Más allá, entre las encinas —dijo el tigre señalando con una de sus patas delanteras.

—Cuidad bien de estos amigos míos —dijo el León—, e iré a luchar con el monstruo.

Se despidió de sus camaradas y partió con arrogancia a luchar contra el enemigo.

La gran araña estaba dormida cuando la encontró el León, y era tan fea que su atacante hizo un gesto de asco. Sus patas eran efectivamente tan largas como había dicho el tigre, y su cuerpo estaba cubierto de un hirsuto pelo negro. Tenía una bocaza con una fila de agudos dientes largos como cuchillos, pero la cabeza estaba unida al cuerpo gordinflón por un cuello tan delgado como el talle de una avispa. Esto le

dio al León una idea de cómo atacar mejor a la criatura, y siendo más fácil luchar con ella dormida que despierta, dio un gran salto y cayó directamente sobre el lomo del monstruo. Luego, con un golpe de su pesada pata, armada de afiladas garras, arrancó la cabeza de la araña separándola del cuerpo. Bajando de otro brinco, la observó hasta que las largas patas dejaron de agitarse, con lo cual supo que estaba muerta.

El León regresó al calvero en donde las fieras del bosque estaban aguardándolo y dijo orgullosamente:

—Ya no tenéis que temer a vuestro enemigo.

Entonces todos los animales reverenciaron al León como su Rey, y él prometió volver y gobernarlos tan pronto como Dorotea estuviese sana y salva camino de Kansas.

22. El país de los Cabezudos

«…la cabeza del hombre salió disparada…».

Los cuatro viajeros atravesaron el resto de la selva sin molestias, y cuando hubieron salido de su oscuridad vieron ante sí una escarpada montaña, cubierta de arriba a abajo de rocas.

—Será una subida difícil —dijo el Espantapájaros—, pero aun así debemos pasar ese cerro.

Tomó la delantera y los demás le siguieron. Habían casi llegado a la primera roca cuando oyeron gritar con voz áspera:

—¡Retroceded!

—¿Quién eres? —preguntó el Espantapájaros.

Entonces se asomó una cabeza sobre la roca, y la misma voz dijo:

—Este cerro nos pertenece, y no permitimos que nadie lo pase.

—Pero nosotros tenemos que cruzarlo —dijo el Espantapájaros—. Vamos al país de los Cabezudos.

—¡Pues no lo haréis! —replicó la voz, y de detrás de la roca apareció el hombre más extraño que jamás habían visto los viajeros.

Era bastante bajo y ancho, y tenía una gran cabeza, plana en la coronilla, y sostenida por un grueso cuello lleno de arrugas. Pero no tenía brazos de ningún tipo y, al ver esto, el Espantapájaros no temió que un ser tan inerme pudiese impedirles ascender la montaña. De modo que dijo:

—Lamento no acceder a tus deseos, pero debemos pasar tu montaña, te guste o no —y caminó hacia adelante con decisión.

Rápida como el rayo, la cabeza del hombre salió disparada, y su cuello se estiró hasta que la coronilla de su cabeza, allí donde era plana, golpeó al Espantapájaros y le mandó dando muchos tumbos al pie del cerro. La cabeza volvió al cuerpo casi tan rápidamente como había venido, y el hombre soltó una desagradable carcajada al tiempo que decía:

—¡No es tan fácil como crees!

Desde las otras rocas se escuchó un coro de atroces risotadas y Dorotea vio centenares de mancos Cabezas de Martillo sobre la ladera, uno detrás de cada roca.

El León se enfureció por la risa que provocó la desgracia del Espantapájaros, y dando un gran rugido que sonó como un trueno se abalanzó cerro arriba.

Nuevamente salió una cabeza velozmente disparada, y el gran León cayó rodando cerro abajo como si lo hubiese golpeado una bala de cañón.

Dorotea corrió a ayudar al Espantapájaros a

ponerse de pie y el León se le acercó, bastante magu-
llado y dolorido, y dijo:

—Es inútil luchar con gente que dispara la
cabeza. Nadie puede hacerles frente.

—¿Qué podemos hacer entonces? —preguntó
la niña.

—Llama a los Monos Alados —sugirió el Leñador de Hojalata—. Aún tienes derecho a mandarlos
una vez más.

—Muy bien —respondió Dorotea, y poniéndo-
dose el Gorro de Oro pronunció las palabras mágicas.
Los Monos fueron tan puntuales como siempre, y en
unos instantes estaba ante ella toda la banda.

—¿Qué ordenas? —preguntó el Rey de los
Monos, haciendo una profunda reverencia.

—Llévanos por encima de la montaña, al país
de los Cabezudos —mandó la niña.

—Así se hará —dijo el Rey, y al instante los
Monos Alados tomaron en brazos a los cuatro viajeros
y a Toto y se fueron volando con ellos. Cuando
pasaron sobre la montaña los Cabeza de Martillo chi-
llaban de indignación, y lanzaron sus cabezas muy
alto hacia ellos, pero no pudieron alcanzar a los Monos Alados, quienes llevaron a Dorotea y sus compañeros sin problemas sobre el cerro y los depositaron
en el hermoso país de los Cabezudos.

—Esta es la última vez que podías convocar-
nos —dijo el Rey Mono a Dorotea—, así que
adiós, y buena suerte.

—Adiós y muchas gracias —respondió la niña.
Y los Monos alzaron el vuelo y desaparecieron en
un abrir y cerrar de ojos.

El país de los Cabezudos parecía próspero y
feliz. Estaba lleno de campos de cereales maduros
separados por veredas bien pavimentadas, y bonitos
arroyos murmuradores cruzados por macizos puentes.
Las vallas, las casas y los puentes estaban pintados

de rojo vivo, tal como estaban pintados de amarillo entre los Guiñones y de azul en el país de los Mascones. Los Cabezudos, que eran bajitos, gordos y de buen humor, vestían enteramente de rojo, que se destacaba vivamente sobre el verde césped y las amarillas espigas.

Los Monos los habían dejado cerca de una casa de campo, y los cuatro viajeros caminaron hasta ella y llamaron a la puerta. Abrió la mujer del granjero, y cuando Dorotea pidió algo de comer, la mujer les dio a todos un buen almuerzo, con tres clases de tarta y cuatro clases de galletas, y un cuenco de leche para Toto.

—¿Qué distancia hay al Castillo de Glinda? —preguntó la niña.

—No está muy lejos —respondió la esposa del granjero—. Seguid el camino del Sur, y pronto llegaréis allí.

Dando las gracias a la buena mujer, prosiguie-

ron la marcha y caminaron entre los campos y sobre
los preciosos puentes hasta que vieron un hermosí-
simo castillo. Delante de las puertas había tres
muchachas, vestidas con elegantes uniformes rojos
bordados con trencilla de oro, y al acercarse Dorotea,
una de ellas le dijo:

—¿Por qué habés venido a la Tierra del Sur?

—Para ver a la Buena Bruja que reina aquí
—respondió—. ¿Quieres llevarme ante ella?

—Decidme vuestros nombres, y preguntaré a
Glinda si os quiere recibir —dijeron quiénes eran, y
la muchacha soldado entró en el castillo. A los pocos
momentos volvió a decir que Dorotea y sus amigos podían pasar inmediatamente.

23. Glinda
concede su deseo a Dorotea

«...*deberás darme el Gorro de Oro*».

Pero antes de llevarlos ante Glinda, los condujeron a una habitación del Castillo, en donde Dorotea se lavó la cara y se peinó, y el León sacudió el polvo de su melena y el Espantapájaros se dio unos golpecitos hasta quedar en forma, y el Leñador pulió su hojalata y engrasó sus articulaciones.

Cuando estuvieron todos bastante presentables, siguieron a la muchacha soldado a una gran sala en donde la Bruja Glinda estaba sentada en un trono de rubíes.

Aparecía hermosa y joven a los ojos de los viajeros. Sus cabellos eran de color rojo intenso y caían en bucles abundantes sobre sus hombros. Su vestido era inmaculadamente blanco, pero sus ojos eran azules y miraron bondadosamente a la niñita.

—¿Qué puedo hacer por ti, mi niña —preguntó.

Dorotea contó a la Bruja toda su historia: cómo la tromba la había llevado a la Tierra de Oz, cómo había encontrado a sus compañeros, y las maravillosas aventuras que habían tenido.

—Ahora, mi mayor deseo es regresar a Kansas —dijo—, pues tía Ema pensará que algo espantoso me ha sucedido, y eso la hará vestirse de luto, y a menos que las cosechas estén mejores este año de lo que estuvieron el año pasado, tío Enrique no puede permitirle ese lujo.

Glinda se inclinó y besó la dulce carita que la cariñosa niña levantaba hacia ella.

—Bendita seas —dijo—. Creo poder decirte

una manera de regresar a Kansas —luego agregó—. Pero, si lo hago, deberás darme el Gorro de Oro.

—¡Encantada! —exclamó Dorotea—. De hecho, ya no me sirve, y cuando lo tengas podrás mandar tres veces a los Monos Alados.

—Y creo que necesitaré sus servicios precisamente esas tres veces —respondió Glinda sonriendo.

Dorotea le entregó entonces el Gorro de Oro, y la Bruja dijo al Espantapájaros:

—¿Qué harás tú cuando Dorotea nos haya dejado?

—Regresaré a la Ciudad Esmeralda —replicó—, pues Oz me nombró su gobernante y el pueblo me quiere. Lo único que me preocupa es cruzar el cerro de los Cabezas de Martillo.

—Mediante el Gorro de Oro ordenaré a los Monos Alados que te lleven a las puertas de la Ciudad Esmeralda —dijo Glinda—, porque sería una vergüenza privar al pueblo de un gobernante tan maravilloso.

—¿Soy realmente maravilloso? —preguntó el Espantapájaros.

—Eres insólito —respondió Glinda, y volviéndose al Leñador de Hojalata, le preguntó.

—¿Qué pasará contigo cuando Dorotea se vaya de este país?

El se apoyó en su hacha y pensó por un momento. Luego respondió:

—Los Guiñones fueron muy amables conmigo, y querían que los gobernase al morir la Malvada Bruja. Les tengo cariño y si pudiera regresar otra vez al país del Oeste, no habría nada que me gustase más que gobernarlos para siempre.

—Mi segunda orden a los Monos Alados —dijo Glinda—, será que te lleven sin daño a la tierra de los Guiñones. Tus sesos quizá no se vean tan grandes como los del Espantapájaros, pero en verdad eres más brillante que él —cuando estás bien pulido— y estoy segura de que gobernarás bien y sabiamente a los Guiñones.

Luego la Bruja miró al León, grande y desmelenado y preguntó:

—¿Cuando Dorotea haya regresado a su casa, ¿qué pasará contigo?

—Más allá de la montaña de los Cabezas de de Martillo —respondió—, se extiende una amplia y antigua selva, y las fieras que en ella habitan me han hecho su Rey. Si pudiese volver a esa selva, pasaría muy feliz la vida allí.

—Mi tercera orden a los Monos Alados —dijo Glinda—, será que te lleven a tu selva. Y entonces, habiendo agotado los poderes del Gorro de Oro, se lo daré al Rey de los Monos, para que él y su banda puedan ser libres en lo sucesivo para siempre jamás.

El Espantapájaros, el Leñador de Hojalata y el León agradecieron emocionados a la Buena Bruja su bondad y Dorotea exclamó:

—¡Realmente eres tan buena como hermosa! Pero aún no me has dicho cómo volver a Kansas.

—Tus Zapatos de Plata te llevarán sobre el desierto —replicó Glinda—. Si hubieses conocido su poder podrías haber regresado junto a tía Ema el mismísimo día en que llegaste a esta región.

—¡Pero entonces yo no tendría mis estupendos sesos! —exclamó el Espantapájaros—. Seguiría aún en el maizal del granjero.

—Y yo no habría tenido un precioso corazón —dijo el Leñador de Hojalata—. Podría haberme quedado rígido y oxidado en el bosque hasta el fin del mundo.

—Y yo habría vivido como un cobarde siempre —declaró el León—, y ninguna fiera en la selva me habría hablado jamás con respeto.

—Todo eso es verdad —dijo Dorotea—, y me alegro de haber sido útil a estos buenos amigos. Pero ahora que todos han realizado sus sueños y están felices de tener además un reino que gobernar, me gustaría volver a Kansas.

—Los Zapatos de Plata —aseguró la Buena Bruja—, tienen maravillosos poderes. Y una de las cosas más curiosas es que te pueden llevar a cualquier parte del mundo en tres pasos, y cada paso se dará en un abrir y cerrar de ojos. Todo lo que tienes que hacer es entrechocar los talones tres veces, y ordenar a los zapatos que te lleven donde desees ir.

—Sí es así —dijo la niña con regocijo—, les pediré que me lleven en seguida a Kansas.

Echó los brazos al cuello del León y le besó, acariciándole tiernamente la gran cabeza. Luego besó al Leñador de Hojalata, que estaba llorando de una manera peligrosísima para sus articulaciones. Pero en vez de besar la cara pintada del Espantapájaros, estrechó su cuerpo blando y relleno y se dio cuenta de que ella misma estaba sollozando en esta triste separación.

Glinda la Buena bajó de su trono de rubí para dar un beso de despedida a la muchachita y Dorotea le agradeció todas las gentilezas que había tenido con sus amigos y con ella misma.

Dorotea tomó entonces solemnemente a Toto en brazos, y diciendo un último adiós, golpeó entre sí sus talones tres veces, diciendo:

—¡Llevadme a casa, donde tía Ema!

Al instante estaba girando por el aire, con tal rapidez que todo lo que podía ver o sentir era el viento zumbando en sus oídos.

Los Zapatos de Plata dieron tan sólo tres pasos, y luego se detuvo tan bruscamente que rodó sobre la hierba varias veces antes de enterarse dónde estaba.

Por fin, se sentó y miró a su alrededor.

—¡Caramba! —exclamó.

Estaba sentada en la amplia pradera de Kansas, y exactamente ante ella estaba la nueva casa de campo que el tío Enrique construyó después que la tromba arrastrase la antigua. Tío Enrique estaba ordeñando las vacas en el granero, y Toto se había escapado de sus brazos e iba corriendo hacia el granero, ladrando furiosamente.

Dorotea se puso de pie y descubrió que pisaba sobre sus medias. Pues los Zapatos de Plata se habían caído en su vuelo por el aire, y se perdieron para siempre en el desierto.

24. Otra vez en casa

Tía Ema acababa de salir de la casa para regar las coles, cuando levantó la vista y vio a Dorotea corriendo hacia ella.

—¡Mi niña preciosa! —gritó, estrechando a la muchachita entre sus brazos y llenando su cara de besos—. ¿De qué parte del mundo vienes?

—De la Tierra de Oz —dijo gravemente Dorotea—. Y aquí está Toto, también. Y... ¡ah, tía Ema! ¡Qué felicidad estar otra vez en casa!

Epílogo

INTRODUCCION

A LA PRIMERA EDICION DE 1900

Las tradiciones folklóricas, las leyendas, los mitos y los cuentos de hadas han acompañado a la infancia en todas las épocas, porque cualquier niño sano siente un cariño instintivo por los relatos fantásticos, maravillosos o irreales. Los seres alados de Grimm y de Andersen han llevado más alegría a los corazones infantiles que cualquier otra creación humana.

Sin embargo, el cuento de hadas de los viejos tiempos, tras haber cumplido su papel durante generaciones, en la actualidad podría clasificarse en el apartado de «temas históricos» en las bibliotecas infantiles. Ha llegado el momento para un nuevo tipo de «cuentos maravillosos», en los que se eliminan los estereotipos del genio, el enano y el hada, así como todos los acontecimientos horribles y espeluznantes que inventaron sus autores para poder derivar una moraleja temible y espantosa. La educación moderna incluye la formación moral; por lo tanto, el niño actual sólo busca entretenimiento en los «cuentos maravillosos» y prescinde con mucho gusto de cualquier incidente desagradable.

Con este pensamiento en mente escribí *El Mago de Oz,* con la sola intención de complacer a los niños de hoy. Aspira a ser un cuento de hadas modernizado, en el que se mantienen la alegría y la fantasía y se suprimen las penas y las pesadillas.

L. FRANK BAUM.

Chicago, abril de 1900.

INTRODUCCION

A LA EDICION DE DOVER DE 1960

Cuando *El Mago de Oz* se puso a la venta por primera vez a finales de 1900, Lyman Frank Baum contaba cuarenta y cuatro años. Había llevado una vida inquieta: corresponsal de un periódico en Nueva York, gerente de una cadena de teatros, autor y actor teatral, propietario de una tienda en Aberdeen, en Dakota del Sur, director y editor del periódico semanal de dicha ciudad, vendedor ambulante de artículos de porcelana y cristalería, fundador de una asociación nacional de escaparatistas con sede en Chicago y director de su órgano oficial, *The Show Window*.

Fue en Chicago donde Baum empezó a escribir libros para niños. *Mother Goose in Prose*, publicado por Way and Williams en 1897, introducía en el relato final el personaje de una pequeña granjera llamada Dorothy. Dos años más tarde, una editorial de Chicago dirigida por George M. Hill publicó *Father Goose: His Book*, una colección de disparates en verso, escritos por Baum e ilustrados por su amigo William Wallace Denslow, un dibujante de periódico. Se vendió muy bien y Baum empezó a trabajar seriamente en libros para niños. Al año siguiente George Hill publicó *El mago de Oz*, que inmediatamente se convirtió en un éxito. En una carta escrita muchos años más tarde la señora Baum recuerda su sorpresa cuando, al haber pedido cien dólares su marido en la Navidad de 1900, recibió un cheque por valor de 2.500 dólares en concepto de derechos de autor. Otros editores se apresuraron a imprimir libros que eran imitaciones descaradas de *El Mago*, tanto en lo referente al estilo literario como a las ilustraciones.

Baum y Denslow colaboraron en otro cuento de hadas precioso, *Dot and Tot of Merryland;* a raíz de una discusión entre ambos, John Rea Neill, un joven dibujante de Filadelfia, se convirtió en el colaborador de Baum en todos sus libros posteriores sobre Oz. Desde entonces, una docena de dibujantes diferentes han ilustrado *El Mago*, pero ninguno ha conseguido ese toque original y mágico que vincula los dibujos de Denslow al libro de Baum con tanta firmeza como los de Tenniel al *Alicia en el país de las maravillas* de Lewis Carroll. En la presente edición reproducimos los dibujos originales de Denslow.

En el número del quince de octubre de 1900 de *The Show Window*, Baum escribió un editorial de despedida. «La generosa acogida que los americanos han dispensado a mis libros infantiles en los dos últimos años me exige tanto tiempo que, de aquí en adelante pienso dedicar toda mi atención a esa actividad». Y así lo hizo. Durante los diecinueve años siguientes, hasta su muerte, escribió más de sesenta libros para niños, muchos de los cuales aparecieron bajo seudónimo. Cerca de la mitad de estos libros son de carácter fantástico y, de ellos, catorce (incluido *El Mago*) pertenecen a la serie de Oz. Tras la muerte de Baum en 1919 una escritora de Filadelfia llamada Ruth Plumly Thomson escribió otros diecinueve libros sobre Oz. Neill escribió tres libros de esta serie, Jack Snow dos, Rachel Cosgrove uno y el coronel Frank Joslyn Baum, hijo de Baum, otro; en total, cuarenta libros sobre Oz. El libro del coronel, titulado *The Laughing Dragon of Oz,* es en la actualidad una pieza rara para coleccionistas. Lo publicó la *Whitman Publishing Company* en 1934 y se vendió a diez centavos cada ejemplar.

En opinión, algunos libros fantásticos de Baum están mejor escritos que cualquiera de sus libros sobre Oz, y algunos de éstos, son mejores que *El Mago*. Sin embargo, es este último el que se ha convertido en el cuento de hadas más difundido y apreciado en este país. Se ha reeditado constantemente y se han publicado tantas ediciones diferentes, en Estados Unidos y en otros países, que resulta imposible saber cuantos millones de ejemplares se han vendido. Algunos editores se han tomado extrañas libertades con el texto. Por ejemplo, en el capítulo 14 de casi todas las ediciones recientes, se hace referencia a campos y flores rojas, a pesar de que Dorotea y sus amigos se encuentran en el país de los Guiñones donde predomina el color amarillo.

No se trata de un descuido por parte del «historiador real de Oz», título que a Baum le gustaba adjudicarse. El texto original (que reproducimos fielmente en el presente volumen) sólo menciona peonias y margaritas, flores y campos amarillos. (Esta curiosa desviación con respecto al original fue descubierta por Dick Martin, un dibujante de Chicago que es una autoridad en cuestiones referentes a Oz).

En 1902, Baum se dejó convencer para escribir el libreto de una comedia musical basada en *El Mago*. Se estrenó en Chicago y tuvo tal éxito que la llevaron a Nueva York en 1903 y durante dieciocho meses llenó hasta los topes los teatros de Broadway. El argumento de la comedia contiene los elementos principales de la historia original, pero introduce varios personajes nuevos: una mujer loca, un poeta (del que Dorotea se enamora) y Pastoria, un tranviario de Tapeka. Como no era posible que un actor se caracterizara de perrito negro, Baum transformó a la mascota de Dorotea en un gran ternero manchado y le pudo por nombre Imogene. Un ex-acróbata de circo, Fred Stone, se hizo famoso de la noche a la mañana en el papel de Espantapájaros.

Se han realizado varias versiones cinematográficas de *El Mago*. Las dos primeras son películas mudas bastante mediocres, una de un rollo, producida por Selig Pictures en 1910 y otra de siete rollos producida por Chadwick Pictures en 1925, en la que el actor cómico Larry Semon hace su presentación como Espantapájaros. Es interesante el hecho de que en la película de Chadwick el papel de Leñador de Hojalata corriera a cargo de Oliver Hardy, el gordo de la pareja cómica formada por Laurel y Hardy. La última y, sin duda, la mejor, es la producción en color de Metro Goldwyn Mayer rodada en 1939, en la que Judy Garland canta e interpreta el personaje de Dorotea. Ray Bolger baila en su papel de Espantapájaros, Jack Haley mete mucho ruido como Leñador de Hojalata y Bert Lahr es un León Cobarde muy divertido y verdaderamente cobarde.

No es difícil comprender por qué los niños y niñas de hoy leen *El Mago* con el mismo asombro con que podrían haberlo leído en 1900. Es una fantasía espléndida, hábilmente escrita, chispeante de color y emociones, rebosante de humor y tranquila sabiduría. Quizá un niño no llegue a entender los ataques satíricos y los niveles más profundos de significado del relato, pero ahí están y constituyen una de las razones por las que *El Mago* se ha convertido en un clásico. Cuando T.S. Eliot escribió «Somos los hombres huecos. Somos los hombres rellenos», ¿no estaría pensando vagamente en el Leñador de Hojalata y en el Espantapájaros (entre otras cosas)? ¿Son los respetados Magos de nuestras Ciudades de Esmeralda auténticos magos o sólo amables charlatanes de feria que nos cubren los ojos con cristales de colores para hacernos creer que la vida es más agradable de lo que realmente es?

Todos nosotros somos niños pequeños que caminan por una carretera de ladrillos amarillos en un mundo loco, extravagante, oziano. Sabemos que la sabiduría, el amor, el valor son virtudes esenciales, pero al igual que Dorotea, somos incapaces de decidir si es mejor buscar cerebros más inteligentes (¡las computadoras electrónicas son cada año más poderosas!) o corazones más sensibles y cariñosos.

MARTIN GARDNER

Dobbs Ferry, Nueva York
Junio de 1960

Biblioteca Juvenil

Momo. *Michael Ende.*
El paquete parlante. *Gerald Durrell.*
El mago de Oz. *L. Frank Baum.*
Jockla, la pequeña chimpancé. *Marielis Brommund.*